DREAMBOOKS★

정령사 헌터 성공기

3

양인산 현대판타지 장편소설

MODERN FANTASY STORY & ADVENTURE

dream books
드림북스

정령사 헌터 성공기 3

초판 1쇄 인쇄 2015년 5월 22일
초판 1쇄 발행 2015년 5월 29일

지은이 양인산
발행인 오영배
책임편집 편집부
표지 · 본문 디자인 권지연
일러스트 신상원
제작 조하늬

펴낸 곳 (주)삼양출판사 · 드림북스
주소 서울시 강북구 도봉로 173
대표 전화 02-980-2112 **팩스** 02-983-0660
출판등록 1999년 3월 11일 제9-00046호

ISBN 979-11-313-0342-9 (04810) / 979-11-313-0339-9 (세트)

+ 이 도서의 국립중앙도서관 출판시도서목록(CIP)은 서지정보유통지원시스템홈페이지(http://seoji.nl.go.kr)와 국가자료공동목록시스템(http://www.nl.go.kr/kolisnet)에서 이용하실 수 있습니다. (CIP제어번호: 2015014076)

정령사
헌터 성공기
3
양인산 현대판타지 장편소설
MODERN FANTASY STORY & ADVENTURE
dream
books
드림북스

정령사
헌터
성공기

목차

Chapter 01
통수에는 통수로!

"그 녀석. 오히려 더 좋아한다고?!"

재균이 으득 이를 갈며 애꿎은 나무에 분풀이를 하기 시작했다.

주위에 있는 나무 몇 그루가 그의 주먹에 맞고 쓰러져 있었다.

늘 힘들게 몬스터들을 몰이해 갖다 주고 있는데, 상대가 오히려 더 좋아하니 미칠 지경이었다.

조금 더 높은 등급의 몬스터를 끌고 가면 다른 헌터들이 그걸 목격하고 사냥을 해 그것이 불가능했다.

재현이 오히려 더 좋아한다는 말을 들은 것은 미경 덕

분이었다.

그녀는 재현의 모습을 계속 지켜보며 재균에게 말해 주고 있었다.

곤란하게 만들 속셈으로 계속 보내는 몬스터들이다. 더 좋아하면 의미가 없는 일이었다.

거기다 그가 한 마지막 말이 더 열 받았다.

"초급 헌터 주제에 기고만장해서는! 무서워서 깊숙이 안 들어가는 놈이 어쩌고 어째?"

이 와중 그의 주먹에 또 다른 나무가 쓰러지고 말았다.

그는 아직도 분이 안 풀렸는지, 다른 나무를 때리기 시작한다.

계속 지켜보기만 하던 미경이 결국 그를 말려야 했다.

"이제 그만해. 그런다고 화가 풀리는 게 아니잖아. 그리고 상황도 전혀 변하지 않고 말이야."

"젠장!"

재균은 아무 곳에나 침을 뱉어 버리더니 담배를 뻑뻑 태우기 시작했다.

"그리고 이제 몹몰이로는 부족하니까."

이곳에 오기로 했던 다른 동료들에게서 연락이 왔다.

그들도 곧 합류한다고 한다. 설악산에 있는 포레스트 길드원들도 있다.

워낙 유명한 의뢰라 두세 명쯤 아는 얼굴을 만나는 곳이 이곳이다.

같이 합류하겠다고 연락 온 길드원들만 해도 여섯 명이다.

연락 온 이들은 실력은 형편없지만 나름 악명이 높은 이들이다.

* * *

재현은 그 일 이후로 설악산의 지리를 외우는 데 주력했다.

등산로만 외우더라도 큰 도움이 되었다.

가는 도중 이정표는 있지만, 미리 익혀 둬서 나쁠 건 없다.

거기다 등산로를 벗어난 길을 외우면 더더욱 좋다.

물론 지리를 외우는 와중에도 간간이 몬스터들이 몰려오긴 했지만 재현은 아주 간단하게 물리쳤다.

몬스터를 끌고 와 주는 건 재현에게는 아주 고마운 일이다.

이럴 줄 알고 재현은 자신이 충분히 다수를 쓰러뜨릴 수 있는 곳만 돌아다니고 있었다.

그들도 몹몰이 범죄를 일으키려면 최대한 들키지 않고 해야 한다.

다른 헌터가 몹몰이를 하는 것을 보게 되면 자신들이 곤란해질 수 있기 때문이다.

그렇다고 더 높은 등급의 몬스터를 끌고 올 수도 없다.

끌고 오는 도중에 헌터들이 이를 목격해 사냥해 버릴 확률이 크기 때문이다.

간혹 아이언 와일드 보어를 끌고 오기도 했지만, 무리를 지어 다니는 몬스터들이 아니라서 한 마리씩 각개격파하는 것이 가능했다.

힘을 많이 사용했다 싶으면 사냥을 하다 말고 도망치기도 했다.

자신들의 뜻대로 놀아나지 않으니 아마 꽤 열 받아 있는 상태가 아닐까 하는 생각이 든다.

"근데 오늘은 안 끌고 오나 보네?"

이미 철조망을 설치하고 기다리고 있는 상황인데 몬스터가 전혀 모이지 않았다.

가끔 우연히 지나다니던 몬스터들만 재현에게 달려들 뿐이었다.

이대로 포기한 게 아닐까 하는 생각이 들었지만, 재현은 고개를 저었다.

그 녀석들이 이 정도로 끝내지 않을 거란 생각이 들었기 때문이다.

뜻대로 되지 않으니 다른 전략을 짜고 있을 확률도 컸다.

"좋아. 오늘 사냥은 여기서 그만 접을까?"

오늘은 이미 사냥을 충분히 했기 때문에 별로 미련은 없었다.

오히려 일일이 찾아다니지 않아도 녀석들이 끌고 와 준 덕분에 더욱 수월하게 사냥한 편이었다.

일부러 낮은 등급의 몬스터들이 모인 곳만 돌아다닌 덕분도 있지만 말이다.

잡은 몬스터의 수와 종류에 따라 차후 의뢰금이 들어오기 때문에 재현은 오히려 반가워했다.

재현이 반쯤 채워진 가방을 다시 멨다. 그러자 운디네가 물었다.

"재현은 그들을 어떻게 할 생각이야?"

평소와 다를 바 없는 모습이라 운디네는 그것이 궁금했던 모양이다.

결국 참지 못하고 물어보는 운디네에게 그가 뭘 당연한 걸 묻느냐는 듯 대답해 주었다.

"당연히 복수할 생각이지."

"근데 별다르게 움직이고 있지 않잖아."

그들에게 복수를 하겠다고 말한 지 시간이 좀 지났지만, 그는 별다른 움직임을 보이지 않았다.

이곳저곳 둘러보는 시간이 많이 늘긴 했지만, 그것 외에는 별로 다를 바 없었다.

그에게 무슨 꿍꿍이가 있는 것 같은데, 그것에 대해 감을 못 잡고 있었다.

그렇게 궁금해하며 무슨 생각을 하고 있는지 고민해 보는 운디네와 달리, 썬더러는 별로 궁금해하는 것 같지 않았다.

"운디네, 난 재현을 믿고 있어. 분명 대단한 작전을 생각하고 있을 거야. 아마 우릴 깜짝 놀라게 해 주려고 그런 걸 거야."

뭔가 대단한 걸 기대하는 듯한 썬더러지만, 재현은 머리를 긁적이고 있었다.

"그리 대단한 건 아닌데…… 단지 그 녀석들이 언제 어디서 우리 얘기를 듣고 있을지 몰라 조심하는 것뿐이야. 아마 들으면 꽤 실망할걸?"

"그렇다 해도 기대돼."

낙천적으로 생각하는 썬더러를 보며 재현은 미소를 그렸다.

자신을 믿어 주는 것이 고맙다고 해야 할까.

재현은 썬더러의 머리를 쓰다듬어 주었다.

썬더러는 그의 손길을 즐기고 있었다.

"운디네도 걱정해 줘서 고마워. 하지만 너무 무리하려는 건 아니니까 걱정하지 마."

"음…… 그렇다면 다행이지만……."

재현은 아직도 걱정하는 운디네의 머리를 같이 쓰다듬어 주었다.

이래서 운디네를 싫어할 수 없었다.

자신을 걱정해 주는 게 내심 고맙기도 하지만 미안한 마음도 들었다.

괜한 걱정을 끼치게 하고 싶지 않은 재현이다.

감사와 미안한 감정을 담아 머리를 쓰다듬어 주고 있을 때였다.

"그 대단한 작전. 우리에게도 들려줄래?"

* * *

익숙하고도 살기가 가득한 그 말을 듣고, 재현이 뒤를 획 돌아보았다.

그들의 뒤에 있던 이는 다름이 아닌 재균과 미경이었다.

그들은 여유가 가득한 얼굴로 재현을 바라보고 있었다.

그런데 문제는 재균과 미경만이 아니었다.

그들의 동료로 보이는 다른 멤버들도 함께 있었기 때문이다.

"뭐야, 다른 녀석들도 끌고 온 거야?"

재현은 기가 막힌 표정을 지었다. 혹시나 했지만, 정말 다른 녀석들까지 끌고 올 줄 몰랐다.

'그렇다 해도 상황은 달라지지 않겠지만.'

둘만 해도 벅찬 것은 사실이다. 질 거란 생각은 안 들지만, 이길 거란 생각도 들지 않았다.

강하다는 느낌은 없지만 일단 경험에서부터 그들과 많은 차이를 보이기 때문이다.

재균과 미경만 덤벼도 운디네와 썬더러로 버티는 건 가능하지 않을까가 그의 생각이었다.

그런데 몇 명이 더 추가되면 벅찬 건 재현이다.

이건 볼 것도 없이 정면으로 덤비면 재현의 필패다.

재균이나 미경의 능력을 완전히 파악한 것도 아닌데 다른 이들까지 끼어 있으면 어지간히 자신이 경지가 높지 않는 한 밀어붙이기가 힘들다.

"비겁하네. 개인을 상대로 다수가 몰려오다니 말야."

"비겁? 그건 파티를 안 이루고 있는 너의 잘못이야. 한 마리의 몬스터를 사냥할 때도 헌터들은 무리를 이루고 사냥하잖아? 그것과 같은 거지."

"내가 사냥감이란 거로군."

재현은 재균이 자신을 어떻게 보고 있는지 대충 감을 잡았다. 그에게 있어 자신은 사냥감. 그 이상, 그 이하도 아닌 존재인 것이다.

"왜. 막상 이런 상황에 있으니까 쫄리냐?"

"솔직히 안 쫄리면 그게 더 이상한 거지."

재현은 솔직하게 말하며 대충 그들의 실력을 가늠해 본다. 아직 확실한 건 아니지만, 기백으로만 봐서는 새로 끌고 온 이들은 자신보다 약했다.

자신과 같은 초급 헌터 정도로밖에 안 느껴진다.

확실한 것은 싸워봐야 알겠지만 일단 그렇게 느껴졌다.

'그냥 상대하기 귀찮네.'

저들만이라면 자신의 힘으로 충분히 제압할 수 있을 거란 생각은 든다.

싸우게 되면 그들의 팀워크에 따라 결판이 날 것 같다.

재균은 그의 말에 씩 웃어 보였다. 시원스러운 웃음이기도 하지만, 지금 상황에서는 좀 사악하게 보이는 미소이기도 했다.

"정 용서받고 싶으면 무릎 꿇고 빌어 봐. 아니면 가랑이 사이로 기어서 가든가. 혹시 알아. 그냥 내가 눈 감아 주고 물러나 줄지?"

"……."

당연히 재현이 무릎 꿇을 일은 절대 없다.

또한 가랑이 사이로 기어서 갈 생각도 없다.

그놈의 자존심은 이런 상황에서도 굽히고 싶지 않았다.

재균의 말에 모두가 낄낄 웃는다.

미경은 아무런 표정을 짓고 있지 않지만, 분명 속으로 좋아하고 있을 것이다.

운디네와 썬더러는 그들을 보며 인상을 찌푸리고 있었다.

재현이 모욕을 당하고 있으니 당연히 기분 나쁠 수밖에 없다.

재현만 하더라도 꽤 기분이 나쁘다.

감정을 공유하지 않아도 기분이 상할 텐데 감정까지 공유하고 있으면 감정이 확 상했으리라.

하지만 그는 한숨을 내쉬더니 이윽고 한쪽 무릎을 굽혔다.

이를 보던 재균이 좀 의아해하면서도 입이 씰룩거리기 시작했다.

'헹! 뭐야, 이놈도 다른 놈들과 별로 다를 게 없잖아?'

애초에 봐줄 생각은 없었다.

실컷 모욕을 주며 가지고 놀다가 흠씬 두드려 패서 몇

달간 병원 신세 좀 지내게 할 생각이었다.

그가 지금껏 한 행동은 이와 같았다.

자신의 힘과 세력 때문에 가끔 재현처럼 행동하는 이들이 있다.

눈앞에 있는 다수가 두려워 일단 자존심을 굽히고 마는 그런 근성 없는 녀석들 말이다.

재현이라면 조금 근성을 보이고 싸울 거라 생각했는데 자신이 잘못 판단한 것 같았다.

원래 기대가 크면 실망도 큰 법이라고 했다.

솔직히 자신이 생각했던 재현의 행동이 아니기 때문에 조금 실망한 것도 사실이다.

그가 양쪽 무릎을 굽히고 있을 때, 갑자기 입이 열렸다.

"내가 무릎을 굽힌 건 말이지."

그의 발에 힘이 실린다. 하체에 근육을 쥐어짜자 그의 허벅지가 부풀어 오른다.

그들은 재현이 심상치 않은 반응을 보인다는 걸 깨닫고 얼른 전투 준비를 했다.

언제 공격이 오더라도 막아 낼 수 있게 말이다. 그들의 예상은 적중했다.

그는 하체에 힘을 싣고, 그 힘을 그대로 이용, 재빠르게 도약한 것이다.

"추진력을 얻기 위함이다!"

다만 그가 달리는 방향은 정반대 방향이라는 것만 전혀 예상치 못한 것이다. 재현은 그들에게서 점점 멀어지고 있었다.

잠깐의 정적이 흐르고, 가장 먼저 정신을 차린 재균이 소리쳤다.

"저, 저 새끼가 튄다! 얼른 잡아!"

설악산에서 때아닌 술래잡기가 시작됐다.

* * *

"파이어 볼!"

재균이 끌고 왔던 멤버 중 한 명이 화염으로 이루어진 동그란 물체를 재현에게 던졌다.

재현은 아쿠아 애로우 몇 발로 파이어 볼을 공중에서 분해시켜 버렸다.

불은 물에 상당히 취약하다. 불은 물이 천적이다.

가장 약한 공격 마법을 사용했더니 불은 그에게 닿지도 못하고 사라졌다.

흩어지면서 약간의 불이 닿기도 했지만, 큰 타격을 줄 정도는 아니다.

간혹 불길로 앞길을 막기도 했지만, 재현은 그럴 때마다 배낭에 챙기고 있던 폭죽을 꺼내 불을 붙였다.

그러고는 진로를 막던 불을 아쿠아 버스트로 꺼 버렸다.

쉬이이잉—! 펑!!

폭죽이 터졌다. 그들은 재현이 일부러 자신의 위치를 노출하는 이유를 알 수 없었다.

대낮이어도 폭죽을 터트리면 바로 알 수 있을 텐데, 이런 밤중에 터트리면 위치를 고스란히 알려 주는 꼴이다.

아직 해가 완전히 지지 않았더라도 폭죽이 어디서부터 하늘로 솟구쳐 오르고 터지는지 선명하게 잘 보였다.

혹시 남몰래 파티를 구해 매복시켜 놓았나 생각도 해 봤지만, 재균은 고개를 저었다.

미경은 재균을 24시간 내내 감시했기 때문이다.

그가 동료를 부르거나 했다면 바로 자신에게 알려줬을 것이다. 미경은 바보가 아니다.

뭔가 변수가 생기면 바로 재균에게 알려 준다.

특히 노리고 있던 타깃이 동료를 부르면 큰 문제가 될 수 있으니 바로 알려 줬으리라.

차라리 이럴 거면 유격전을 펼치는 게 낫지 않을까 싶었다. 재현의 체력이 엄청 좋다는 건 이번 기회에 확실하게 알았기 때문이다.

어지간한 사람은 이 정도로 뛰면 다리에 힘이 풀리기 마련인데, 재현은 여전히 달리고 있었다.

물론 확실히 숨이 차기 때문인지 속도가 많이 죽긴 했지만, 다른 이들도 그건 마찬가지다.

이런 극악의 산악 구보는 군 생활 중에서도 한 적이 없기 때문이다.

거기다 재현은 신기하게 잡힐 듯하면서도, 잡히지 않았다.

문득 생각이 든 건데, 일부러 속도를 조절하고 있는 것 같았다.

'동료에게 자신이 이 정도까지 왔다는 신호탄 용도가 아니면 무슨 꿍꿍이가 있다는 소리인데…….'

재균이 계속 쫓아다니다가 그런 생각이 딱 들 때쯤이었다.

계속해서 도망만 다니던 재현이 탁 트인 곳에서 드디어 정지했다.

재균과 그의 동료들은 숨을 거칠게 내쉬며 재현을 포위했다.

이제 도망치지 못하게 하려는 속셈인 것이다.

"헉헉. 드디어 잡았다. 쥐새끼처럼 겁나게 빠르네."

"내가 남는 게 체력이라서 말이야."

재현도 숨을 거칠게 내쉬고 있지만, 그래도 최대한 티 내지 않았다.

비교적 체력이 안 좋은 미경은 잠시 후, 합류했다.

"우릴 생고생 시킨 죄에 대한 각오는 되어 있겠지?"

우득! 우득!

재균이 손을 움켜쥐자 뼈마디가 부딪치며 소리가 났다.

상대를 겁주려는 행동을 보여 주는 것이기도 했지만, 손을 푸는 것이기도 했다.

다들 각자 무기를 꺼내 재현이 도망가지 못하도록 막을 준비를 하고 있었다.

서로 몸이 피로한 상태인 만큼 달아나기란 힘들 것이다.

재현이 제아무리 괴물 같은 체력을 가졌다고 할지라도 인간인 이상 뛸 힘은 더 이상 남아 있지 않을 것이다.

"이런 확 트인 곳에서 싸우려고 하는 건가? 확실히 전격을 사용하기 위해서는 이런 곳이 적당할지도 모르겠군."

나름대로 재현에 대해 분석한 재균이다. 하지만 문제는 이런 곳은 오히려 재균이 환영할 만한 공간이라는 것이다.

공간이 확 트인 곳이라면 다들 마음껏 날뛸 수 있기 때문이다.

특히 이런 확 트인 공간은 다수에게 더욱 좋은 곳이다.

개인이라면 차라리 장애물을 활용하는 게 훨씬 이롭다.

"그렇지만 좀 생각하는 게 어쭙잖군. 기본적인 전략도 모르고 말이야. 차라리 치고 빠지는 전술이라도 쓰는 게 나았을 거다."

"산악 구보하는 것도 죽을 맛인데, 정령력 쓰면 더 힘들어지잖아."

아주 사소한 것 가지고 승리의 기회를 놓친 재현을 향해 비웃어 주었다. 머리가 좋은 줄 알았더니 아니었던 모양이다.

다섯 살짜리 꼬마애도 이런 상황에 오면 생각할 법한 것을 고작 더 힘들어질까 봐라니. 웃음이 터져 나오려고 했다.

"그래, 그렇게 기세등등하게 웃어. 지금이 좋을 때니까."

"무슨 소리지?"

그의 어투에서 꿍꿍이가 있다는 것을 알아챈 재균이 물었다.

재현은 주위를 둘러보며 여유 있게 그의 질문을 무시하고 역으로 질문했다.

"혹시나 해서 물어보는 건데. 너희들 여기가 어딘지 알고 있어? 알고 있는 사람은 손을 번쩍 들고 발표해 보세요."

익살스럽게, 마치 선생님이 어린 학생들에게 질문을 던지는 듯한 재현의 말에 그제야 주위를 둘러본 그들이었다.

하지만 그들은 확 트인 곳이라는 것밖에 감이 안 잡혔다.

설악산 외곽에서부터 깊게 들어온 감이 없잖아 있어 보이긴 했지만, 정확히 이곳이 어딘지 모른다.

“잘 모르는 것 같으니까 간략하게 설명해 줄게. 여긴 최소 C급 이상 몬스터들이 모여 있는 위치야. 날 계속 쫓아오느라 어느새 이곳까지 들어왔다는 건 신경 못 썼지?”

재현이 하얀 이를 드러내며 씩 웃어 보였다. 그들은 인상을 확 찌푸렸다.

재현의 말에서 그의 속내가 드러난 것이다. 이건 그가 유인을 한 것이다.

“내가 왜 이때까지 계속 폭죽에 불을 붙였는지 감이 오지? 거기다 계속 치고 빠지는 것보다 한꺼번에 몰살시키고 싶었거든.”

그들의 얼굴이 새파랗게 질리기 시작한다.

재현은 마무리로 가장 큰 폭죽을 꺼냈다.

그 폭죽의 두께는 일반적인 폭죽의 두께보다 훨씬 더 두꺼웠다.

그는 가지고 있던 라이터를 꺼냈다.

“몬스터란 게 말이야. 후각과 청각이 아주 예민하다는 건 다들 잘 알고 있겠지? 근데 웃긴 게 뭔 줄 알아? 수습 헌터였을 때 좀 친하게 지낸 군인이 얘기해 준 건데, 몬스터는 화약 냄새에 더욱 민감하게 반응한데."

칙칙!

"화약은 일상에서도 참 많이 사용된다. 그렇지?"

그가 폭죽의 심지에 불을 붙인다. 그리고 폭죽을 내려놓고 다시 씩 웃어 주었다.

"이, 이런 미친! 얼른 저 불 꺼! 빨리!"

여기에서 몬스터가 몰려오면 큰일 난다. 특히 해가 지고 있는 지금 몰려오면 더욱 위험하다.

재현을 쫓아온다고 최대한 짐을 가볍게 하고 왔다.

그들은 단지 재현만 족치면 되었으니까.

설마 재현이 이런 것을 생각할 줄은 몰랐기 때문에 그들은 완전히 방심하고 말았던 것이다.

24시간 동안 감시하던 미경도 그가 이런 일을 벌일 거란 걸 전혀 예상 못 했다.

폭죽을 산 것은 확인했지만, 특별하게 생각하지 않았다.

헌터들이 구조 요청을 할 때 조명탄이나 불꽃놀이 세트로 자신의 위치를 알릴 때가 있기 때문이다.

아마 재균에게 말했어도 똑같이 구조 요청을 위해 산 거라 생각했을 것이다.

미경이 재빨리 움직였다.

저 심지가 다 타들어 가기 전에 검으로 잘라 버리면 되리라 생각하고, 텔레키네시스로 단도를 날렸다.

정확히 심지를 향해 날아가던 단도는 재현의 검에 막혀 버렸다.

"너희들이 나한테 해 준 게 얼만데. 나도 빚 좀 갚게 해 주라."

결국 단도는 힘을 잃고, 대지에 박혀 버렸다. 심지는 완전히 타 버렸다. 하지만 아무 일도 일어나지 않았다.

펑 하고 큰 소리를 낼 줄 알았던 폭죽에 아무런 일도 일어나지 않았기 때문이다.

재균은 안도의 한숨을 내쉬며 한층 여유를 되찾을 수 있었다.

다들 불발임을 깨닫고 더욱 의기양양해졌다. 재현의 한 수가 이렇게 끝났다고 생각했다.

"훗. 아무래도 불발인 것 같군. 그러게 폭죽은 한국 걸 사야지."

순간 앞으로 빠르게 다가오는 재균.

재현도 헉 하고 놀랄 정도로 그는 갑작스럽게 다가왔다.

운디네는 재현의 위기를 직감하고 즉시 아쿠아 쉴드를 전개했다.

재균은 앞에 물의 방패가 생겼지만, 아랑곳하지 않고

주먹을 내질렀다.

그의 주먹으로 아쿠아 쉴드가 깨져 버렸다.

나무를 아무렇지 않게 부숴 버리는 그의 주먹이다.

아쿠아 쉴드쯤 가볍게 깨뜨릴 수 있는 것이다.

물의 방패가 덜덜 떨리며 깨져 버렸다.

아쿠아 쉴드가 깨지고, 주먹이 재현의 몸에 닿았다. 가볍게 톡 닿았을 뿐인데, 그 충격은 만만치 않았다.

"컥!"

위에서부터 올라오는 느낌이다.

재현은 뒤로 몇 걸음 물러나며 한쪽 무릎을 꿇었다. 그리고 위에 남아 있던 음식물을 게워 냈다.

토사물에는 피가 약간 섞여 있었다.

그의 주먹이 내장을 뒤흔들어 놓은 것이다.

'맞았을 때 뭔가 찡하고 흔들리는 것 같았는데.'

재현은 이런 상황에서도 재균의 능력을 판단하려고 했다.

가볍게 맞았을 때 느꼈던 그 진동은 아직도 기억한다.

또한 아쿠아 쉴드도 깨지기 전 덜덜 떨렸던 그 현상은 분명 능력을 사용한 것이리라 생각한다.

'물리적인 에너지를 조종하는 능력인가?'

초능력이 신기해 몇 번 조사해 본 적 있는데, 그런 능력도 있던 것 같다.

그런 능력은 참으로 다양하다.

주위로 퍼지는 에너지를 한쪽으로 몰리게 해 위력을 강화시킨다거나, 받는 에너지를 주위로 퍼트려 충격을 분산시킨다거나.

일단 지금의 전황으로 볼 때 재균은 에너지를 한쪽으로 몰리게 하는 능력이라 판단되었다.

재균은 터벅터벅 재현의 앞으로 다가왔다.

"메이드 인 차이나를 써서 어디 제대로 터지겠냐? 자, 그럼 이제 각오는 되었겠지?"

제대로 해 주겠다는 듯 우악스럽게 멱살을 움켜쥐는 재균.

'역시 능력이로군.'

재현은 자신의 멱살을 잡은 재균을 바라보며 그의 힘은 신체의 힘이 아니란 것을 다시 한 번 깨달았다.

그의 완력 정도라면 자신쯤은 들어 올릴 수 있어야 정상이다.

또한 언뜻 보기에 근육량이 어느 정도 있는 편이긴 했지만, 자신과 거의 비슷한 정도였다.

순수한 완력만 따지면 자신과 동급이란 소리다.

"이 와중에도 딴생각을 하는 건가? 아니면 도망칠 계책을 생각하는 건가? 어찌 되었든 헛수고라는 것만 알아 둬으면 좋겠어. 내가 한 번 물고 늘어지면 정말 끈질기거든."

딱 봐도 그래 보인다. 지금껏 한 행동들을 보면 그러고도 남으리라 생각했으니까.

하지만 재현은 무섭다거나 그런 표정을 짓지 않았다.

그는 오히려 미소를 짓고 있었다.

그가 웃고 있자 재균이 인상을 와락 구긴다.

이런 상황에서도 웃고 있는 그가 이해가 가지 않았다.

그냥 허세겠지 생각하며 분풀이를 하려고 주먹을 움켜쥘 때였다.

"네가 메이드 인 차이나 말고 한국 걸 쓰라고 했지? 근데 그거 알아? 화약은 원래 중국이 만든 거야. 그리고 저건 심지가 내부에도 있어서 타는 데 조금 오래 걸리는 거야. 이 무식한 놈아."

그 순간 그가 무슨 얘기를 하는 것인지 깨달은 재균이었지만, 재현은 놓치지 않겠다는 듯 오히려 그의 팔을 꽉 움켜쥐었다.

"이제 터질 때가 됐어."

그 말이 끝나기 무섭게, 폭죽에서 펑 하는 소리와 함께 하늘 위로 거대한 불빛이 솟구쳐 올랐다.

매캐한 화약 냄새와 연기를 흩뿌리며 불꽃은 비교할 수 없을 정도로 큰 소리로 터졌다.

어느새 짙은 어둠이 깔린 하늘에 불꽃이 수놓아졌다. 그 불꽃은 여러 차례 터지고, 냄새를 사방으로 점점 퍼트렸다.

폭죽이 다 터지고, 냄새만 남았을 때였다.

캬아아아아악!

키아아악!

야행성 몬스터들의 울음소리가 사방에서 그들의 귀를 때린다.

재현은 만족스럽다는 듯이 웃고 있었다.

어느새 완전히 어두워진 지금 그들이 자신의 얼굴을 볼 수 있을 리 없지만 말이다.

"자, 그럼 너희들이 남들에게 당했던 것을 체험해 보라고. 사냥 도중에 몬스터들이 몰려오는 게 얼마나 개같은 것인지."

그러더니 재현은 들고 있던 검의 손잡이를 이용해 그의 팔목을 강하게 내리쳤다.

갑작스러운 강한 충격을 받은 재균은 놓지 않던 손을 풀고야 말았다.

그의 손아귀에서 벗어난 재현은 포그를 사용해 주위에 안개를 만들어 냈다.

짙은 안개가 그들의 시야를 완전히 차단시켰다.

안개는 곧 사라지고, 불의 능력을 사용할 수 있던 녀석이 손에 불을 키웠다.

방금 전까지 눈앞에 있던 재현은 어느새 사라지고 없었다.

안개를 만드는 즉시 도망친 것이다.

"이, 이런 빌어먹을 자식이……!"

재균이 으득 이를 갈며 재현이 갔을 법한 곳으로 향해 달리려고 할 때, 미경의 그의 옷을 붙잡으며 소리친다.

"몬스터들이 몰려온다! 오는 곳은 사방. 모두 서로 등을 맞대!"

화가 머리끝까지 치밀어 오른 재균은 작전을 짜면 안 된다는 걸 잘 알고 있는 미경이다.

또한 이런 위기 상황일 때 개인행동을 하게 되면 이 파티는 전멸한다는 걸 잘 알기에 미경이 재빨리 지휘를 맡기로 했다.

재균은 재현을 생각하면서 이를 갈면서도 이 상황에서는 어떻게 할 수 없다는 걸 알고 더욱 분노했다.

이 와중에도 몬스터는 점점 몰려오고 있었고, 이윽고 어둠 속에서 시뻘겋게 빛나는 두 덩이의 시야를 볼 수 있었다.

반딧불이 절대 아니다. 이건 몬스터들의 눈동자였다.

그 눈동자의 수는 굳이 세어 보지 않아도 되었다.

"미친…… 수가 너무 많잖아!"

제대로 보이지 않는데도 엄청난 숫자다.

눈으로만 보이는 몬스터들을 다 감당할 수 있을 것 같지 않은데, 더 있을 거라고 생각하니 다리가 덜덜 떨릴 지경이다.

여러 가지 상황에 익숙한 재균과 미경도 지금 이 순간 침을 꼴깍 삼킬 수밖에 없었다.

"일단 살고 보자. 최대한 떨어지지 말고 등을 지켜 주고 맞서 싸워!"

그들은 자신이 태어나고 경험하지 못했던 가장 최악의 날을 오늘 경험하게 되었다.

*　　*　　*

이튿날. 엄청나게 큰 불꽃이 설악산 중턱에서 피어오르자, 헌터들이 몰려가 구출 작전을 실행했다.

어떤 헌터가 보내는 다급한 구조 요청이라 생각하고 간 그들은 그곳에서 잔혹한 장면을 목격했다.

초급 헌터 넷과 중급 헌터 두 명이 중상을 입고 쓰러져 있는 것이다.

그뿐만 아니라 그들의 주위에는 수많은 몬스터들이 죽어 있었다.

헌터들은 얼른 쓰러져 있는 이들을 옮겨 병원에 후송시켰다.

다들 너무 큰 부상을 입은 상태였다. 한 명은 생사를 오가고 있다고까지 했다.

경찰이나 관계자들은 이런 야밤에 그렇게 위험한 곳에 갔는지 추후에 조사하겠다고 했다.

이를 다 긴급 속보로 전해 들은 재현은 TV를 보며 만족스러운 듯 웃고 있었다.

"죽지는 않고 살았네. 다행이다. 누가 죽었으면 나도 좀 찜찜할 뻔했어."

솔직히 말해 그들을 죽게 하려는 생각까지는 없었다.

만일 자신이 벌인 일에서 누군가 죽었다면 죄책감이 들었을지도 모른다.

한 명이 생사를 오가고 있다고 하지만, 현대 의학의 발전은 꽤 무섭다.

몬스터의 출몰 후 의학 분야도 엄청 발전했기 때문에 죽을 위기에 있는 자를 살리는 건 90퍼센트 이상의 확률로 가능하다고 한다.

물론 경우에 따라 다르다고는 하지만, 헌터들이 옮기면

서 최대한 응급조치를 취했을 거라 생각한다.

“뭐, 이제 생각을 말아야지.”

재현은 벌러덩 드러누웠다. 다들 병원 신세를 지고 있으니 자신을 또 쫓아올 일 없을 거라 생각하니 마음이 푹 놓였다.

그렇게 당하고도 쫓아오면 그 끈기는 인정해 줄 만한 것이리라. 물론 집요하게 달려들면 또다시 지옥을 맛보게 해 줄 의향도 있다.

만약 그때가 되면 이 정도로 안 끝나겠지만 말이다.

그렇게 편하게 휴식을 취하면서 재현은 문득 자신에 대해 놀랐다.

그들의 행동이 아무리 자업자득이라고는 하나, 자신이 벌인 일로 인해 생사의 기로에 놓여 있다고 하는데 그들이 죽든지 말든지 전혀 아무렇지 않게 생각을 하고 있었기 때문이다.

Chapter 02
방어는 전투의 연장선

문제가 일단락되고 재현은 한동안 집에 머물며 요양을 했다.

재균에게 맞은 충격 때문이었다.

내장을 뒤흔들어 놓을 정도로 강력한 그 힘 때문에 일상생활에 약간의 지장을 주었다.

병원에서는 갑작스러운 충격 때문이라고 했기 때문에 집에서 푹 쉬었다.

빨리 낫기 위해 치료수를 만들어 마신 건 당연한 일이다.

그렇게 약 일주일간 쉬고 나니 아픈 곳이 싹 사라졌다.

재현은 이번 일로 인해 한 가지 깨달은 바가 컸다.

사람이 죽을 수도 있는 상황까지 몰아갔으면서 정작 자신은 아무렇지도 않은 것에 놀랐다.

그들이 그런 식으로 해서 해친 사람도 분명 있지만, 그렇다고 그들을 해칠 권리는 재현에게 없다.

남들에게 피해를 주고 웃고 떠드는 녀석들이라고 할지라도 말이다.

그런 짓을 하고도 아무런 느낌도 없어서 혹시 자신이 사이코패스가 아닐까 하는 생각까지 했다.

남의 고통을 즐기는 건 아니지만, 아무렇지 않다는 것에 사이코패스를 의심해 볼 법도 했다.

그들도 분명 잘못이 있으며 이런 짓을 당해도 싸다고 생각할 수는 있다. 남들도 재현처럼 하고 싶을 것이다.

하나 정말로 실행하는 것과 생각하는 것은 차이가 크다.

누구나 한 번쯤 기분이 상할 때면 상대를 죽이고 싶다고 생각하기는 하지만 정작 그걸 실행하는 사람이 얼마나 될까.

'그래, 난 그들에게 충고한 거야. 얼마나 위험한 짓을 하고 다녔는지 말이야.'

재현은 그렇게 스스로를 합리화시켰다. 그들도 지금껏 한 짓이 있으니 남에게 발설하거나 하지 않을 것이다.

재현 한 명을 감옥에 보내겠다고 해 봤자 그들도 조사하면 다 나오기 때문이다.

아마 죄질로 따지면 재현보다 그들이 훨씬 클 것이다.

그들도 같이 감옥에 갈 생각이 아니면 어떻게든 묻으려 하겠지.

이제 그들도 함부로 재현에게 접근하지 못할 것이다.

만일 다시 온다면 이것보다 더한 것을 해 줄 수도 있다.

그것은 이대로 덮어 두기로 하고, 그가 느낀 것은 이뿐만이 아니었다.

"내가 방어력은 정말 취약하구나."

운디네의 방어 기술에 한계가 있다는 건 진작 알고 있었지만 그게 너무 빨리 찾아왔다.

좀 더 강한 몬스터를 상대하고부터는 아쿠아 쉴드가 깨지는 일이 종종 생겼다.

특히 재균의 능력으로 너무도 쉽게 박살이 나 버렸고 충격을 흡수했어도 데미지가 들어왔다.

헌터들은 최소한의 방어구는 구비하고 다니기도 했다.

불편하고 무거워 착용하지 않는 이들도 있지만 그들이라도 최소한 몬스터의 가죽으로 된 방어구쯤은 입고 다닌다.

재현은 이번에 벌어들인 돈을 확인했다.

[잔액: 512,907,064원]

오억 천이백만 원. 그가 설악산에서 사냥하면서 벌어들인 돈이었다.

아이언 와일드 보어도 꽤 값이 나가기도 했지만 꾸준한 사냥과 재균이 몹몰이 범죄로 끌고 온 녀석들을 대거 팔아 치워 이 정도의 돈을 벌 수 있게 된 것이다.

이게 10% 헌납하고, 세금을 뗀 돈이다. 여기서 어머니께 드릴 이백만 원과 누나의 레스토랑 운영비를 대 줘도 충분히 남는다.

'누나가 필요한 돈이 총 삼억 원이라고 했지?'

무작정 삼억 원을 줄 수는 없는 노릇이다.

헌터 양성소의 연봉이 대단하다 하더라도 신입 사원 정도밖에 안 되는 위치라고 속였다.

대 놓고 삼억 원을 주면 분명 의심을 할 것이다. 가족에게 걱정을 끼치지 않도록 헌터가 됐다는 말도 아낀 재현이다.

용돈으로 조금씩 뜸을 들여 보내 주는 게 가장 좋겠다고 생각한 것이다.

삼억 원을 당장 주고 싶은 마음이 굴뚝같지만 다른 핑계가 없는 한 무리다.

그래도 분명 이 돈을 받을 누나는 엄청 놀랄 것이다.

어쨌든 중요한 건 지금 이게 아니다.

그에게 지금 가장 중요한 것은 바로 방어다.

맷집이 아무리 튼튼하다 할지라도 헌터계에서는 다 소용없는 일이다.

맷집이 튼튼한 사람이라도 칼에 맞으면 다 베이기 때문이다.

몸을 완벽히 보호해 줄 수 있는 방어구가 절대적으로 필요했다.

그 때문에 그가 들른 곳은 바로 헌터 상점이었다.

이 넓디넓은 상가 내부는 다양한 물품을 팔고 있었고, 당연히 방어구와 무기는 개중 가장 잘 팔리는 것들이었다.

재현은 방어구를 취급하는 상점들을 둘러보았다. 중급 헌터 전용에 온 재현이었다.

아무래도 초급 헌터 전용보다는 이곳이 비싸더라도 효과적인 게 많을 거라 생각했기 때문이다.

초급 헌터 전용에는 매직 아이템들이 적은 것도 문제지만, 너무 묵직한 것만 가득했다.

전과 달라진 점이 있다면 모든 물품에는 이름과 자세한 설명이 있다는 것이다.

매직 아이템인지 아닌지에 대한 것도 아주 잘 적혀 있다.

이를 속여 파는 곳도 있을지도 모른다.

하지만 최근 단속이 강화돼서 그렇게 할 시 영업정지

처분이 된다고 하니, 그런 간 큰 곳은 없으리라 생각한다.

"어서 오세요, 손님."

방어구를 전문적으로 취급하는 상점에 들어온 재현은 주위를 둘러보았다.

매직 아이템부터 일반 아이템까지 다양하게 진열되어 있다. 문제는 이곳도 엄청 단단해 보이는 철갑 갑옷이 주를 이루고 있다는 것이다.

초급 헌터 전용보다 신기하고 방어력이 좋은 게 있긴 했지만 딱 와 닿는 것이 없어 보였다. 아직 다 살펴본 게 아니라 겉만 슬쩍 본 것뿐이라 판단하긴 이르지만 말이다.

"무엇을 찾으시나요?"

"저한테 맞는 방어구를 찾으러 왔는데요."

"아, 그러세요? 어떤 걸로 드릴까요?"

"일단 둘러봐도 되나요?"

"예, 물론이죠."

점원이 영업용 미소를 지으며 친절하게 설명해 준다.

손님이 자신밖에 없기 때문에 점원은 그가 관심을 보이는 것이 있으면, 즉각 이 장비는 뭐가 좋은지에 대해 설명한다.

'단점은 전혀 안 말하네.'

원래 그게 당연한 것이다. 단점을 말하면 구입률이 확

낮아지기 때문이다. 그래도 부착된 설명에 다 나와 있으니 그리 크게 신경 쓰이지는 않는다.

'내 몸을 보호할 수 있는 건 널리긴 했는데, 온통 무거운 것들뿐이네.'

직접 들어 보고 착용도 해 본 결과 재현은 무거운 갑옷은 자신과 안 맞는다고 생각했다.

온몸에 철갑을 두르면 확실히 방어력이 엄청 오르긴 할 것이다.

하나 정작 중요한 순간에는 본 힘을 발휘하지 못하리라 생각했다.

재현은 방어력이 낮긴 하지만 빨리 행동해야 하는 쪽이다. 또한 도망쳐야 하는 상황에는 반드시 도망쳐야 한다.

솔로 플레이를 선호하는 재현이기 때문에 도주해야 하는 상황에서는 최대한 가벼운 것이 좋다.

마음에 드는 것이 없어 다른 곳에 갈까 생각할 때였다.

"이건 뭐죠?"

재현은 다른 하나에 관심을 보였다.

그가 관심을 보인 것은 검은색 가죽으로 된 옷이었다. 설명에는 아이언 와일드 보어의 가죽으로 된 방어구라고 설명이 되어 있었다.

"어머. 보는 눈이 있으시네요. 그건 최근 들어온 신상이에요. 아이언 와일드 보어는 아시나요?"

방어구를 사려는 폼이 딱 봐도 초급 헌터라는 것을 알았는지 혹시나 싶어 물어보는 점원이었다.

간혹 돈을 어느 정도 많이 번 초급 헌터들도 중급 헌터 전용에 오기 때문에 이런 질문을 하는 것 같았다.

자신을 무시하는 듯한 말투는 아니지만 그래도 조금 기분이 상했다.

어쩐지 자신을 얕보고 있다는 듯 말하니 말이다. 그래도 일단 대답은 해 주었다.

"네."

"이건 그 몬스터로 만든 옷이에요. 꽤 두꺼워 일반적인 옷들보다는 조금 무겁지만 C급 이하의 몬스터들의 공격을 충분히 막아 주죠."

"헤에……."

"거기다 이건 방수 기능도 있지만 자동 재생 능력까지 부여된 매직 아이템이랍니다."

"자동 재생 능력은 뭐죠?"

자동 재생이란 말이 확 와 닿지 않은 재현을 위해 점원이 갑자기 커터칼을 꺼내 들었다.

그러고는 옷을 일자로 쭉 찢기 시작했다.

이를 본 재현은 헉! 소리를 내며 숨을 들이켰다.

"아, 아니 지금 무슨 짓을……."

하는 거냐고 말을 끝내기 전에 그의 입이 닫혔다.

그 이유는 옷이 다시 원상태로 돌아가고 있었기 때문이다.

쭉 찢어진 가죽이 서서히 달라붙으며 원상태로 돌아오는 데까지 30초도 걸리지 않았다.

"이런 효과예요. 심각하게 훼손되거나 불에 타지 않는 이상 쭉 유지될 거예요."

이런 신기한 것도 있구나. 재현은 감탄을 하며 옷을 입어 봐도 되냐고 허락을 구했다.

점원은 탈의실이 어디 있는지 알려 주었다.

그는 옷을 갈아입고 탈의실 문에 부착되어 있는 거울을 바라보았다.

자신의 착각일지도 모르지만 생각보다 잘 어울려서 자신도 모르게 감탄하고 말았다.

최근에는 멋스러운 방어구를 선호하는 헌터들이 많기 때문에 이 옷도 나름대로 괜찮은 편이었다.

옷이 날개란 말이 뭔지 알 것 같았다.

'이런 젠장. 내가 내 스스로 못생겼다고 인정하는 꼴이라니.'

그래도 별수 있나. 자신이 그렇게 생각하는 것을.

확실히 이 옷은 기존의 옷보다 무겁긴 했지만 신경이 쓰이는 만큼 무거운 건 아니었다.

익숙해지면 평소에도 그냥 입고 다닐 수 있을 것 같았다.

"후드까지 쓰시면 머리까지 보호할 수 있어요. 고블린의 독침이나 화살은 어지간하면 다 막을 수 있을 거예요. 그리고 이건 일정량의 물리 데미지를 경감시켜 주는 효과도 있답니다."

어쩐지 아이언 와일드 보어가 왜 그렇게 맷집이 단단하나 했더니 다 이유가 있었다.

가죽이 이렇게 두껍고 그런 효과까지 있으니 당연히 어지간한 물리 공격이 소용없던 것이다.

물론 마법 공격은 상당히 취약한 편이지만.

"그리고 보호대를 목 부분에 감싸면 더 좋아지죠."

후드는 꽤 깊숙이 눌러쓸 수 있어 이마는 확실히 보호되었다.

약간 취약한 목은 늘 가지고 다니는 보호대로 보호하면 될 것 같았다.

얼굴 부분은 양팔을 가려 보호하면 될 일이다.

"음……."

재현은 이걸 살까 말까 고민했다.

그가 원래 사려고 했던 것은 재균의 공격을 방어할 수 있을 만한 방어구를 사는 것이었다.

화살도 튕겨 내고, 고블린의 독침도 통하지 않는 가죽이긴 하다.

하지만 아무리 물리 데미지를 경감시켜 준다고 해도 둔기 공격은 데미지가 거의 다 들어갈 것 같았다.

그래도 믿을 만한 건 이것밖에 없을 것 같았다.

자신이 원하는 건 완벽한 방어가 아니었지만 이게 가장 적격인 것 같았다.

아무리 두꺼운 갑옷을 입는다 해도 검으로 힘껏 베면 찢어지기 마련이다.

소설에는 플레이트 메일이 둔기가 아니면 무력화시키지 못한다고 하는데, 그건 사실이 아니다.

플레이트 메일은 검을 힘차게 휘두르면 파손된다. 검에 파손되지 않으려면 두꺼운 장갑으로 된 갑옷을 따로 제작해야 할 것이리라.

'가볍고, 물리 데미지를 경감시켜 준다. 이게 가장 이상적인 방어구로군.'

재현은 깊게 고민하지 않고 사기로 했다. 그리고 가격을 보고 솔직히 조금 놀랐다.

'미친. 옷 한 벌에 왜 이렇게 비싸?'

가격은 무려 일억 칠천만 원이나 했다. 오억 원이 넘게 있는 재현에게도 솔직히 부담스러운 가격이었다. 하지만 그만한 돈을 지불해도 충분히 많이 남는다.

그는 잠깐 고민하다가 사기로 결심했다.

"이걸로 주세요."

"감사합니다, 손님. 할부로 해 드릴까요?"

재현은 고개를 저었다.

"일시불로 해 주세요."

*　　*　　*

재현은 아이언 와일드 보어 가죽으로 만들어진 옷을 구입하고서 확인해 본 결과 엄청나게 차이가 심하다는 걸 실감했다.

도그 파이터와 배틀 레빗으로 실험을 해 본 결과, 손톱으로 할퀴고, 이빨로 물어뜯어도 전혀 아프지 않은 것이다.

심지어 옷은 작은 상처만 날 뿐이다. 그 작은 상처도 자동 재생 옵션 덕분에 다시 원상 복구되었다. 옷을 수선하거나 할 걱정은 없는 것 같았다.

몬스터를 사냥할 때 늘 문제였던 게 옷이 찢어져 수선을 하거나 새로 사야 할 때였다.

이제 그럴 걱정이 사라졌으니 재현도 어느 정도 마음이 놓였다.

"그래도 뭔가 부족한데……."

재현은 턱에 손을 괴며 고민에 빠졌다. 방어력이 확실히 늘긴 했지만 역시 부족한 느낌이다.

이 정도로는 높은 등급의 몬스터를 상대하다간 뼈도 못 추릴 것 같았다. D급까지 충분히 상대할 수는 있지만, 그 이상은 어려워 보였다.

C급 몬스터. 홉 고블린 부족장과 엇비슷한 힘을 지닌 녀석들이 즐비해 있는 단계다. 그런 녀석들을 상대로 이 옷으로 버틸 수 있을지가 걱정이었다.

"무슨 고민을 그렇게 해?"

"걱정거리라도 있는 거야?"

툭하면 생각에 잠기는 그를 바라보는 운디네와 썬더러가 그에게 말을 걸었다.

재현은 자신의 오른쪽 어깨에 앉아 있는 운디네를 바라보았다.

운디네는 방어 기술을 가지고 있지만, 점점 갈수록 그 위력을 발휘하지 못하는 게 문제였다.

아쿠아 월 정도면 어느 정도 튼튼하니 방어 마법으로 사용할 수도 있지만, 정령력의 소모가 너무도 크다.

방어할 목적으로 하기에는 효율성이 떨어진다고 봤다.

재현은 이번에 반대편 어깨에 앉아 있는 썬더러를 바라본다.

썬더러에게도 방어 기술이 있었으면 좋겠지만, 전류는 형태를 유지하는 것만으로도 엄청난 정령력을 사용한다.

순간적인 강력한 공격이 번개의 정령이다. 거기다 썬더러는 애초에 방어 마법 자체가 없었다.

형태를 유지할 수 있는 것이 유일하게 라이트닝 볼이 전부니 말은 다한 것이다.

"고민이 있으면 우리가 들어 줄게."

재현은 썬더러와 운디네를 번갈아 보았다. 그들은 재현이 걱정하는 심정이 느껴져 작은 고민이 있다고 파악한 것이다.

재현은 고개를 끄덕이더니 운디네를 바라보았다.

"기분 나쁘게 듣지 말아 줘, 운디네."

"재현이 그럴 의도로 말할 사람이 아닌 걸 아니까 걱정하지 마."

이 와중에도 자신을 배려해 주는 운디네를 보며 감사를 표하고 자신이 지금껏 운디네와 썬더러에게 말하지 않았던 것을 털어놓았다.

"실은 운디네의 방어 기술이 점점 안 듣는 몬스터들이

생겨나서 말이야. 그래서 내가 불편하더라도 두꺼운 갑옷이라도 입어야 하나 고민하고 있었어."

"아……."

운디네는 무슨 말인지 알겠다는 듯 고개를 끄덕였다.

"실은 나도 그게 조금 걱정이 들기 시작했었어. 이제 슬슬 내 방어 기술이 안 먹히는 몬스터들이 나타나고 있으니까."

운디네도 꽤 많이 체감하고 있던 모양이다.

아이언 와일드 보어가 물리적인 방어력과 공격력이 강한 편이다.

이보다 더 강한 몬스터에겐 소용이 없다는 걸 알고 있던 모양이다.

"더 강한 방어 기술을 생각해 보려고 해도 정령력을 낭비하는 꼴이니까."

아쿠아 쉴드도 개량하고 개량해 정령력의 소모를 최대한 줄이면서 방패로써 단단하게 유지되는 방법을 알아낸 것이라고 들었다.

재현이 아무리 여러 기술을 생각한다 하더라도 옛날부터 쭉 계승되어 발전한 기술보다 좋게 만드는 건 불가능한 것이다.

"그래서 내가 고민한 게 있는데 말이야."

"나도 고민한 게 있어."

서로 고민하고 있었던 모양이다. 확실히 재현도 운디네도 확 와 닿는 고민이었을 것이다.

재현이 방어구를 사려고 이리저리 둘러봤을 때, 운디네도 대충 눈치는 챘을 것이다.

누구라고 할 것 없이 동시에 입을 열었다.

"비효율적이라도 당장 방어해야 할 때가 많을 테니 좀 더 강한 방어 기술을 구사하는 게 어떨까?"

"재현이 금속의 정령하고 계약을 맺는 게 어떨까?"

물론 동시에 말했다 하더라도 똑같은 말을 한 것은 아니다.

"……뭐?"

재현은 뜻밖의 말을 듣고 운디네를 멍하니 바라볼 수밖에 없었다. 지금 운디네가 무슨 말을 한 건가 싶었다.

"금속의 정령 말이야."

"아니, 정확하게는 들었는데 뜬금없이 금속의 정령과 계약을 왜?"

너무 뜬금이 없어 재현은 솔직히 어안이 벙벙했다. 이에 대해서는 썬더러가 대신 대답해 주었다.

"금속의 정령은 금속을 자유자재로 다룰 수 있는 정령이야. 그리고 방어에 특화된 정령이기도 해. 대신 공격력은 큰 기대는 하지 않는 게 좋을지도 모르지만 방어는 정령 중 으뜸이라고 할 수 있어. 지금의 재현이라면 하나 더 계약을 맺어도 크게 무리가 가지 않을 거야."

그 설명을 듣고서 재현은 운디네가 금속의 정령과 계약을 맺는 것을 추천한 이유를 알 수 있었다.

"그런 간단한 방법이?!"

괜히 큰돈을 들여 옷을 샀나 후회가 되는 순간이었다.

*　　　*　　　*

정령과 계약을 맺는 것은 크게 두 가지 방법이 있다.

하나는 정령이 계약자에게 접근해 자신과 계약을 하고 싶다고 알리는 방법이다.

이 경우는 재현이 운디네와 썬더러와 계약을 한 것과 똑같지만, 그럴 확률이 적다는 것이다.

정령은 인간을 좋아하지만, 약간의 경계심도 함께 가지고 있다는 것이다.

옛날이면 모를까, 지금은 콘크리트로 된 건물과 자연의 파괴를 일삼아 친화력이 많은 인간이 거의 없다.

그래서 지금은 어느 정도의 친화력이 있는 인간에게만 접근한다고 한다.

재현도 친화력이 매우 낮은 상태에서 계약을 했지만, 체질상 자연 친화력에 매우 친숙하기 때문에 운디네가 접근했던 것이다.

썬더러는 그가 구입한 지팡이에 뇌 속성이 붙어 관심이 생겨 왔다가 재현이 정령사라는 걸 알고 계약을 하고 싶어 한 케이스였다.

두 번째 방법은 직접 정령을 불러 자신과 직접 계약할 정령을 찾는 것이다.

정령을 소환하는 방법은 간단하다.

정령들의 속성에 맞는 재료에 정령을 소환하는 매개체인 마법 촉진제를 뿌려 정령력을 불어넣으면 된다는 것이다.

예를 들어 불의 정령 샐러맨더를 소환하고 싶으면 불이 붙은 알코올 램프나 장작을.

물의 정령 운디네를 소환하고 싶으면 물을.

땅의 정령 노움을 소환하고 싶으면 흙을.

바람의 정령 실프를 소환하고 싶으면 바람이 잘 부는 곳이면 된다는 것이다.

다만 여기서 문제가 있는 것이 마법진을 그리려면 마법 촉진제라는 걸 사야 한다는 것이다.

"그러니까 그놈의 마법 촉진제가 도대체 뭔데."

재현은 인터넷으로 마법 촉진제를 검색해 보았지만, 그

정보는 전혀 나오지 않았다.

운디네와 썬더러에게 물어보았지만 마법 촉진제는 마법 촉진제라고만 말할 뿐이다.

미칠 노릇이었다.

하다못해 마법 촉진제의 성분을 알면 그 비슷한 걸 구할 수는 있을 것 같은데, 마법의 힘이 묻어 나오는 물건의 결정으로 만든 것이라고만 말할 뿐이었다.

재현은 이에 고민에 빠졌다.

정작 소환을 하고 싶은데 그놈의 마법 촉진제라는 것이 없어서 이렇게 막혀 버렸다.

금속은 쉽게 구할 수 있지만 마법 촉진제는 구할 수 없으니 고민에 빠져 버리고 만 것이다.

그는 한참을 고민하다가 뭔가를 꺼냈다.

그가 꺼낸 것은 수정체였다.

작은 것부터 큰 것까지 다섯 개의 수정체가 그의 손에 있었다.

수정체의 사용 용도는 무궁무진하기 때문에 이렇게 남겨 둔 것이다.

"수정체 찌꺼기로 괜찮을까?"

수정체 찌꺼기. 그러니까 올바른 말로는 수정체 가루였다.

수정체 가루는 어디서든 쉽게 구할 수 있다.

수정체는 능력을 사용해 직접적으로 부수려고 하면 쉽게 부술 수 있다.

운디네와 썬더러는 수정체를 살펴보다가 고개를 끄덕였다.

"마나석과 성질이 조금 다르지만 비슷한 힘이 느껴져. 가능할지도 몰라."

안 해 보는 것보다 나으리라 생각했다. 재현이 가장 작은 수정체를 부수려고 하자, 운디네가 고개를 저었다.

"그것보다 이게 더 좋겠어."

운디네가 집어 든 것은 그가 꺼낸 수정체 중 가장 크기가 크고, 많은 에너지를 지니고 있는 것이었다.

"가장 큰 게 정령들이 잘 이끌릴 거야."

"……거참."

가장 값싼 수정체로 하려고 했더니 가장 비싼 수정체를 희생해야 한다는 것에 재현은 할 말을 잃었다.

이 수정체만 팔아도 시가로 육십만 원이 넘는다.

이런 고가의 수정체를 희생해야 한다니.

잘 될지 안 될지도 모르는 상황에서 도박을 해야 하는 것이다.

'제발 잘 되길 빈다.'

일종의 투자라고 생각해도 그냥 날아가 버리면 재현의 가슴이 찢어질 것이다.

실패하면 더 큰돈을 들여 금속과 관련된 속성이 붙은 매직 아이템을 사야 할지도 모르기 때문이다.

재현은 일단 안 해 보는 것보다 해 보고 후회하자고 생각하며 동전을 꺼내 살포시 놓았다. 그리고 그 위에 방금 부숴 가루로 만든 수정체 가루를 뿌린다.

그가 올린 동전은 죄다 10원짜리 동전들이다. 이게 다 구리로 만들어진 것이다. 금속이 맞으니 성공한다면 금속의 정령을 부를 수 있을 거라 생각했다.

"제발 성공하길."

재현은 동전 위에 수정체 가루를 올린 것으로 그 위에 손을 살포시 얹어 눈을 감고 정령력을 불어넣었다.

제발 성공하길 빌며 금속의 정령이 나타나길 소망했다. 그리고 잠시 후, 그의 손 안에서 빛이 일었다.

"서, 성공인가!?"

재현이 혹시나 몰라 빛이 사라질 때까지 손을 떼지 않고 정령력을 불어넣었다.

정령력을 불어넣고, 빛이 사라지자 그는 조심스럽게 손을 떼었다.

손을 떼자 보인 것은 방금까지 쌓아 둔 동전이 아닌 쿨

쿨 잠을 자고 있는 정령이었다.

"……잉?"

재현은 이를 어이없게 바라보고 있었다. 어이없는 눈으로 정령을 바라보던 그가 물었다.

"얘가 금속의 정령이야?"

운디네와 썬더러가 동시에 고개를 끄덕인다.

"……응."

"……일단은."

"……."

이런 경우를 처음 보는 건 운디네나 썬더러도 마찬가지였는지 자신과 다를 바 없는 표정이다.

재현은 어떻게 할까 하다가 금속의 정령을 깨우기로 하고 몸을 흔들었다.

"저기, 금속의 정령아. 일어나 봐."

재현이 몇 번 흔들자, 금속의 정령이 크게 입을 벌리며 하품을 하더니 주위를 둘러보기 시작했다.

"후아암~ 여긴 어디……? 아, 맞다. 방금 전에 누가 날 불러서 수락했었지……."

아직 잠이 덜 풀린 눈으로 말하니 깨운 게 괜히 미안해졌다.

금속의 정령은 잠이 덜 풀린 눈으로 재현을 바라보며

물었다.

"날 부른 게 너야?"

"일단은 그런데."

"미안…… 내가 잠이 좀 많아서 말이야……."

그러더니 다시 꾸벅꾸벅 졸기 시작하는 금속의 정령.

재현은 이것을 어떻게 반응해야 하는가 싶었다.

정령은 굳이 잠을 안 자도 되는 종족이라고 하던데 이렇게 잠이 많아도 되는 건가 싶었다.

같은 속성의 정령이라도 그 개성이 다르다고 하니 이녀석만 이런 것이라고 편하게 생각하기로 했다.

"음…… 나랑 계약하고 싶어서 부른 거야?"

"응. 넌 싫어?"

"아니, 싫은 건 아냐…… 나도 조금 관심 있어서 여기에 온 거니까……."

금속의 정령은 한동안 재현을 바라보다가 그제야 운디네와 썬더러를 발견했는지 반갑게 손을 흔들었다.

물론 흔드는 손에 힘이 없었지만 말이다.

운디네와 썬더러는 똑같이 손을 흔들어 반겨 주었다.

"운디네와 썬더러가 계약한 걸 보니 좋은 인간인 거 같네…… 금속에 관련된 친화력은…… 많이 낮지만 친화력이 쌓이면 괜찮겠지…… 나도 계약하고 싶어……."

참고로 여기서 정령이 거절할 때도 있다고 한다.

재현의 경우에는 지금껏 운디네와 썬더러가 말하던 그의 체질에 이끌린 모양이다.

일단 정령과 계약을 하게 되면 계약한 정령과 관련된 친화력이 대폭 상승하는 효과를 볼 수 있다.

재현에게 가장 높은 친화력은 당연히 수 속성, 그다음이 뇌 속성이다.

운디네와 가장 먼저 계약했고, 친화력을 높이기 위해 엄청 노력했기 때문에 수 속성이 높을 수밖에 없는 것이다.

"근데 신기하네…… 그 정도의 정령력을 가졌으면 중급 정령이 하나쯤 있어도 이상하지 않은데……."

"응? 뭐라고?"

비교적 목소리에 힘이 없어 크지 않아 자세히 듣지 않으면 못 알아들었다.

재현이 다시 물어보았지만, 금속의 정령은 고개를 양옆으로 저었다.

"아무것도 아냐…… 그냥 그렇다고…… 계약하자……."

화악! 하고 주황색 빛이 그 둘의 주위를 밝힌다.

운디네와 썬더러는 계약 의식을 방해하지 않기 위함인지 일정 거리를 벌린 채 구경했다.

"정령 메타리엔은 인간 박재현과 정령의 계약을 통해

서로의 감정을 공유하고 돕기로 이 자리에서 약속한다."

"인간 박재현은 정령 메타리엔과 정령의 계약을 통해 서로의 감정을 공유하고 돕기로 이 자리에서 약속한다."

이번이 세 번째 계약인데 입이 저절로 열리며 말하는 것은 오묘했다.

멋대로 입이 움직이는 건 말로 형용할 수 없는 묘한 기분인 것이다.

"나 정령 메타리엔은 언제나 힘이 되어 계약자를 돕기로 맹세하고."

"인간 박재현은 계약자로서 정령 메타리엔에게 힘이 되어 주도록 맹세한다."

빛이 더욱 강렬해진다. 그 빛은 그들의 몸을 따뜻하게 감싸 안는다.

"이 자리에서 정령 메타리엔과 인간 박재현은 계약 관계를 뛰어넘어 친구가 되기로 약조한다."

빛이 절정에 달하고, 사방으로 퍼지다가 다시 그의 몸 속으로 스며들어 온다.

그의 이마에서 차갑고도 딱딱한 느낌이 들며 주황색의 빛이 머물다가 사라졌다.

운디네와 썬더러와 계약했을 때처럼 증표가 이마에 남은 것이라고 어렵지 않게 추측할 수 있었다.

혹시 운디네나 썬더러 중 한 명이 사라지지 않았을까 바라보니 둘 다 현계에 남아 있었다.

메타리엔도 마찬가지였다.

메타리엔은 입을 커다랗게 벌리더니 하품을 한다. 눈가에는 살짝 눈물이 머금어지고 그의 몸을 기어오르더니 머리에 안착했다.

"앞으로 여기 내 자리…… 나 잠깐만 좀 잘게."

"저기, 메타리엔?"

하고 싶은 얘기는 많은데 피곤하다며 아예 머리를 침대 삼아 자는 메타리엔. 재현은 잠깐 멍하니 있다가 피식 웃었다.

상당히 잠꾸러기 정령이다.

재현은 자신의 머리 위에 누운 메타리엔을 바라보며 슬쩍 웃었다.

이로써 재현은 오늘로 세 번째 정령, 메타리엔과 새로 계약을 하게 되었다.

* * *

재현은 메타리엔과 계약을 하고 난 후 바로 사냥에 돌입해 보았다.

메타리엔의 기술들은 죄다 확인해 보았고, 이름도 정해 주었으며 얼마나 강한지 확인해 보기 위함이었다.

운디네의 말로는 메타리엔의 방어 기술 정도면 아이언 와일드 보어의 공격을 충분히 봉쇄하는 게 가능할 거라고 거의 확신하고 있었다.

그 무지막지한 공격을 정말 어렵지 않게 막아 낼 수 있을까 미심쩍었다.

메타리엔은 당연히 아이언 와일드 보어를 본 적이 단 한 번도 없기 때문에 판단할 수는 없다고 했다.

다만 대략적인 얘기를 듣고서 충분하다고 했다.

메타리엔도 확신하니 직접 확인해 보기로 했다.

설사 확신이 틀렸다 하더라도 평소대로 다시 공격으로 전환해 사냥하면 될 일이다.

재현은 아이언 와일드 보어를 찾아 직접 확인하기에 이르렀다.

전투 도중에 조는 것이 아닐까 걱정이 들기도 했지만 친구가 싸우는데 자신이 잘 수 없다며 전투가 시작되면 일어나겠다고 했다.

사냥이 끝나면 다시 자고, 시작되면 다시 깨는 것 같다.

그렇게 잠을 자고도 여전히 잘 자는 메타리엔이다.

소환을 하든 안 하든 느긋하면 잠부터 자니 신기할 따

름이다.

"꿔이이익!"

마침 아이언 와일드 보어를 찾아냈다.

"메타리엔?"

"일어나 있어……."

메타리엔은 몬스터가 나타나자마자 바로 일어났다. 여전히 졸린 눈인 건 똑같지만 말이다.

"메타리엔, 사철무장."

"응……."

자신의 머리 위에서 손을 드는 것을 제외하고 미동도 안 하는 메타리엔.

메타리엔이 손을 움직이자, 대지에 있던 사철들이 공중으로 부유하며 그의 몸에 달라붙기 시작했다.

머리부터 발끝까지 틈새라고는 눈과 코, 입이 전부고, 그의 몸을 확실히 방어한 기술이다.

사철들은 단단하게 뭉쳐져 있었다.

사철무장을 하는 동안은 움직이지 못했다. 땅에서부터 사철이 단단히 고정되어 있어 움직이지 못하는 것이다. 사철무장이 된 상태로는 움직일 수 없어도, 계약자의 방어력은 무식하게 높여 주는 것 같은 기술이다.

녀석이 앞발을 몇 번 구르다가 재현을 향해 돌진한다.

솔직히 말해 두려웠다.

저런 녀석의 돌진을 직접적으로 맞고 확인하는 이런 무식한 방법을 쓰고 있으니 말이다.

메타리엔이 호언장담을 했어도 불안한 것은 사실이다. 여기서 잘못되면 손해 보는 건 재현이니까.

'그래도 직접 맞서 보는 게 가장 좋은 방법이겠지!'

재현은 일단 메타리엔을 믿기로 했다.

이런 무식하게 방어력에 치중된 것처럼 보이는 기술이 시각적으로만 그래 보이는 게 아니길 빌었다.

쿵!

녀석과 재현이 격돌했다. 정확히 말하자면 재현은 가만히 있었고, 녀석이 들이받은 거였다.

재현의 몸이 조금 밀려났지만, 그게 다였다.

"끼, 끼익?"

녀석이 상당히 당황한 게 보인다.

재현도 약간 충격은 있었지만 크게 아프지는 않았다.

사철의 일부가 뜯겨져 나갔지만 최소한 한 번의 공격은 충분히 막아 냈다.

"괴, 굉장하다!"

굉장하다는 말밖에 안 나왔다. 정말로 막을 줄은 꿈에도 몰랐기 때문이다.

물리 공격력과 방어력만 보자면 C급 몬스터에 준하는 녀석이 아이언 와일드 보어다.

그런 녀석의 공격을 가볍게 막아냈으니 당연히 굉장하다고 할 수밖에 없었다.

녀석은 공격이 실패로 돌아가자 다시 원위치로 되돌아가고 앞발을 구르기 시작한다.

정면으로 대결했는데 아무런 피해를 입히지 못했다는 것에 화가 났는지 녀석의 콧김이 거칠다.

재현의 몸을 두르고 있던 사철들이 우수수 떨어지며 다시 대지 속으로 들어갔다.

사철무장의 유지 시간은 15초 정도다.

메타리엔의 기술들은 하나같이 지속 시간이 존재했다.

운디네나 썬더러처럼 정령력을 소모하여 오랫동안 유지하는 것은 방어 기술 중에 존재하지 않는 것이다.

거기다 정령력 소모가 좀 되는 편이었다.

그렇다 하더라도 확실히 방어력은 뛰어났다.

손해란 생각은 전혀 들지 않았다.

녀석은 사철무장이 사라지기 무섭게 다시 앞발을 박찬다. 재현은 녀석이 돌진하자 곧장 소리친다.

"아이언 월!"

강철로 이루어진 벽이 녀석의 앞에 생겼다. 녀석은 멈

추지 않고 그대로 틀어박았다.

철이 울리는 경쾌한 소리가 울려 퍼졌다. 그리고 벽이 찌그러졌다. 하지만 벽이 부서지는 일은 없었다. 찌그러지긴 했어도, 완전히 부수지는 못한 것이다.

감탄사밖에 나오지 않았다. 메타리엔의 방어 기술들은 하나같이 엄청 뛰어났기 때문이다.

썬더러가 공격력에 특화된 정령이라면 메타리엔은 방어력에 특화된 정령이다.

메타리엔은 공격력이 거의 없지만 그 모든 걸 커버할 방어 기술이 존재했다.

"재현아…… 녀석이 또 달려들려고 해."

아이언 월이 베를린 장벽처럼 무너지고, 녀석의 모습이 보인다.

녀석은 머리에서 피를 흘리고 있었다. 들이받은 충격이 꽤 대단했던 모양이다. 녀석이 완전히 흥분해 눈까지 충혈되어 붉게 물들어 있었다.

녀석은 거친 숨을 연신 내쉬며 발을 구르고 있었다.

자신을 반드시 죽이겠다는 각오가 여기까지 느껴졌다.

"꿔이이이익!!"

녀석이 괴성을 지르며 다시 돌진해 온다. 재현은 침착하게 팔을 앞으로 내밀며 방패로 막는 시늉을 한다.

"프릭클 쉴드(Prickle Shield)!"

그의 팔에서 방패다운 것이 생겨났다. 가시가 돋친 방패인데, 철로 만들어진 것이었다.

쿵! 소리와 함께 재현의 발이 걷잡을 수 없이 밀려난다.

최대한 팔에 힘을 주고 지탱하고 있었지만 그 충격은 팔에 집중되어 타격이 왔다.

"꿔이익! 꿔익!!"

그것도 모자라 녀석은 방패를 떼어 내려고 머리를 움직이기까지 했다. 재현은 젖 먹던 힘을 팔에 모두 쏟아부었다.

'이런 무식한……!'

당장에라도 놓칠 것 같았지만 이대로 방패를 놓을 수 없었다. 그가 방패를 놓는 순간 위험한 것은 다른 누구도 아닌 본인이기 때문이다.

무지막지한 힘임에도 탈골되거나 하지 않는 걸 보니 물리적인 데미지를 어느 정도 흡수해 주기는 하는 모양이다.

한동안 계속 밀리기만 했던 재현이지만, 밀리는 거리가 늘어날수록 녀석의 힘이 약해졌다.

완전히 밀리고 나서 다리에 힘을 주지 않았는데, 녀석은 미동조차 없었다.

무슨 일이 일어난 건지 몰라 살짝 고개를 내밀어 보려

고 하자, 마침 프릭클 쉴드의 지속 시간이 다 되어 사라졌다.

프릭클 쉴드가 사라지고, 녀석의 머리에서 피가 줄줄 새어 나오더니, 녀석의 몸이 무너졌다.

공격력도 같이 있는 방패지만, 실질적으로 그리 큰 효과를 발휘하지 못하는 방패다. 그런데도 녀석은 이 방패로 생을 달리했다.

재현은 녀석의 머리가 엉망진창인 걸 확인했다.

가시가 무수히 돋친 방패에 정면으로 들이박아 자기 스스로 자결하는 꼴이 된 것이다. 거기다 머리를 움직이며 방패를 떼어 내려고 했다가 자기 상처를 더 늘려 죽음에 이른 것 같았다.

재현은 허허 웃었다. 공격력이 거의 없는 방패지만, 자신의 힘 때문에 자멸할 줄은 꿈에도 몰랐기 때문이다.

이걸 좋아해야 할지 말아야 할지 감이 잡히지 않는다. 그래도 사냥은 성공했으니 좋아하는 게 맞다고 생각했다.

"가죽값은 많이 떨어지겠지만 머리 부분을 제외하면 대부분 온전하니까 괜찮겠지?"

재현은 아이언 와일드 보어를 들쳐 매고 산을 내려가기 시작했다.

Chapter 03
연구도 전투의 연장선

재현은 메타리엔에 대해 더 연구해 보기로 했다.

메타리엔은 사철이나 납덩이를 그 어떤 금속으로도 바꿀 수 있다고 한다.

사철보다 더 단단한 철로도 바꿀 수 있으며 심지어 금이나 다이아몬드로 바꾸는 게 가능하다!

이 얘기를 듣고 재현은 헌터 일을 그만두고 금하고 다이아몬드를 대량으로 만들어 조금씩 풀어서 팔까 생각도 해 봤다.

애석하게도 그것은 생각으로 그쳐야 했다.

금이나 다이아몬드로 바꿀 수 있어도 시간이 지나면 다

시 원래대로 돌아왔기 때문이다.

거기다 바꾸는 데 엄청난 정령력을 소비해야 하기 때문에 효율성이 없다.

정령력은 정령력대로 소비하고, 다시 원래대로 돌아오면 그냥 정령력 낭비일 뿐이니까.

재현은 메타리엔이 만드는 금속을 보며 신기한 듯 바라봤다.

사철은 흙만 있으면 되기에 어디서든 구할 수 있다.

인근에 있는 놀이터나 산에서 흙을 퍼서 가져오면 집에서도 충분히 실험할 수 있는 것이다.

그는 또한 메타리엔과 썬더러를 이용한 연계 플레이가 가능한 걸 느꼈다.

"역시 전류로 금속을 끌어당길 수 있군."

사철을 가지고 메타리엔으로 여러 가지 실험을 하다가 전류로 했던 실험을 떠올리고 바로 실행해 보고 확인할 수 있었다.

전류가 흐르면 자기장을 형성하기 때문에 사철이 끌려오는 것이다.

간혹 썬더러가 라이트닝 볼을 사용할 때 검은색 가루가 허공에 떠오르던 걸 언뜻 보긴 했다.

그게 다 사철이었던 것이다.

썬더리를 이용해 사철을 조종하면 메타리엔의 부족한 공격을 모두 커버할 수 있으리라 생각했다.

정령사는 성장하면 성장할수록 다양하고 많은 일을 해낼 수 있다고 하는데 다 이것 때문이 아닐까 싶기도 했다.

“일단 메타리엔이 사철이나 납을 그 어떤 걸로도 바꿀 수 있다는 건 확인됐고…….”

재현은 수첩에다가 메타리엔이 할 수 있는 것들을 모두 적어 놓았다.

메타리엔의 가장 큰 메리트는 다른 금속으로 바꿀 수 있다는 것이 아닌 그것을 어떻게 응용할 수 있느냐였다.

사철은 어디서든 구할 수 있으니 재료 걱정은 없었으며 다양한 것을 만들 때 정령력만 투자하면 된다는 것이다.

운디네처럼 수분을 굳이 모을 필요 없이 썬더리처럼 즉각 기술을 사용할 수 있다.

다만 정령력이 다른 정령들보다 많이 든다는 게 문제다.

다행히 재현의 정령력은 어느 정도 되는 편인 터라 반나절이 넘도록 싸우는 것이 아니면 부담 없이 사용할 수 있을 것 같다.

모든 기술의 쿨타임이나 지속 시간이 존재하는 게 흠이지만 그 모든 걸 커버할 만큼 성능도 좋으니 딱히 불만은 없다.

"이제 다 된 거야……?"

여러 가지 실험을 하느라고 지금까지 쭉 깨어 있던 메타리엔이 늘어지게 하품을 하며 그의 머리 위에 몸을 웅크렸다.

이 정도면 잠에서 깰 때가 되지 않았나 싶었지만 얘길 들어 보니 자도 자도 피곤하다는 모양이다.

……잠을 안 자도 되는 종족이 맞나 싶다.

재현은 고개를 끄덕이며 대답해 주었다.

"응. 이제 마지막이야. 메타리엔, 혹시 티타늄을 만드는 것도 가능해?"

"바꾸는 거뿐이라면 물론 가능해…… 금방 다시 원래대로 돌아가겠지만……."

그 말과 함께 확인시켜 주겠다는 듯 졸린 눈으로 사철을 뭉치더니 티타늄을 만들기 시작했다.

정령력이 쭉 빠져나가는 게 느껴졌다.

티타늄은 다이아몬드를 만들 때와 마찬가지로 엄청난 정령력을 요구하는 것이었다.

예전이었으면 절대 엄두도 못 낼 양이 빠져나가자 재현도 살짝 피로가 몰려왔다.

틈틈이 휴식을 취하면서 정령력을 채우더라도 다시 금방 그것을 소비하니 몸에 피로가 쌓인 것 같다.

그렇게 잠깐의 시간과 함께 사철이 곧 티타늄으로 변했다.

소량의 티타늄 덩어리가 만들어졌다.

재현은 확인 차 망치로 힘껏 내리쳐 보았다.

티타늄 덩어리는 멀쩡했다. 역시 강철의 두 배의 강도를 가졌다는 금속다웠다.

"메타리엔. 티타늄에 대해서 설명 좀 부탁……."

메타리엔은 티타늄을 만들고 다시 잠에 빠져 있었다.

질문을 하려다가 메타리엔이 잠을 자고 있는 것을 보고 피식 웃었다.

"질문은 나중에 해야지."

어차피 시간은 많다. 메타리엔이 어딜 가는 것도 아니고 언제든 물어봐도 된다.

재현은 자신이 아는 금속들을 모두 메타리엔에게서 듣고 수첩에 정리한 걸 다시 읽어보았다.

확실히 금속의 정령답게 금속에 대해서 빠삭하게 알고 있었다.

"문제는 합금인데. 메타리엔이 잘 알고 있으려나 모르겠네."

현대에 들어 합금은 어디서나 볼 수 있는 금속이다.

금속과 금속을 합하는 것이기 때문에 생소한 합금을 메

타리엔이 알고 있을까 싶다.

'에이, 명색이 금속의 정령인데. 모르는 게 있겠어?'

금속의 정령이라 설사 모른다 하더라도 잠깐 보기만 해도 단번에 파악할 수 있지 않을까란 생각을 했다.

재현은 이보다 더 잘 알아보기 위해 인터넷을 검색하기로 했다.

재현이 여러 가지를 실험한 이유가 있었다.

메타리엔이 만들 수 있는 금속 중 만드는 것과 못 만드는 것이 있는지, 그리고 만들어 낸 금속으로 새로운 기술을 만들 셈이었다.

현재 재현이 알고 있는 가장 단단한 것이 다이아몬드라는 걸 잘 알고 있다.

다이아몬드는 소량을 잠깐 만드는 것만으로도 엄청난 정령력을 사용한다. 그래서 기술로 사용하는 건 철회했다.

일정 부위를 보호할 수 있는 방어 기술을 만드는 즉시 정령력이 바닥날 게 뻔하기 때문이다.

그 대신으로 사용할 금속이 뭐가 있을까 인터넷에 검색해 보았다.

단단한 금속이 뭐가 있을까 검색하는데 처음 들어보는 것들이 상당히 많았다.

재현은 전부 다 일일이 확인해 보며 몇 가지를 메모했다.

생전 관심도 안 가졌던 금속을 이렇게 자세히 알아보는 것도 참 웃긴 일이다.

그는 몇 시간 동안 조사를 하고 있을 때 문득 낯선 용어를 보게 되었다.

카본나노튜브.

재현은 이것도 금속인가 싶어 클릭해 보았다. 클릭해 보니 상당히 자세하게 설명을 해 주고 있었다.

나름 유명한 것 같은데 그가 본 것은 논문의 일부였다.

재현은 설명을 보고 있다가 고개를 갸웃거렸다.

"뭔 소리야?"

분명 한글로, 한국어로 자세히 설명되어 있는데 전문용어가 계속 마구 튀어나와 한국어로 설명되어 있는 게 맞나 싶었다.

* * *

카본나노튜브를 쉽게 풀어서 설명한 걸 찾아서 간신히 이해할 수 있었다.

물론 아주 자세한 것은 나오지 않았지만, 대충 어떤 건지는 파악할 수 있었다.

카본나노큐브의 형태는 탄소 6개로 이루어진 육각형

모양이다.

육각형 모양은 서로 연결되어 관 모양을 이루고 있다.

관의 지름이 수십 나노미터에 불과하여 탄소나노튜브라고 일컬어지게 되었다.

참고로 나노미터는 10억 분의 1미터로 보통 머리카락의 10만 분의 1 굵기이다.

전기 전도도가 구리와 비슷하고, 열전도율은 자연계에서 가장 뛰어난 다이아몬드와 같으며, 강도는 철강보다 100배나 뛰어나다.

탄소섬유는 1%만 변형시켜도 끊어지는 반면, 탄소나노튜브는 15%가 변형되어도 견딜 수 있다.

그러니까 이걸 또 쉽게 풀어 얘기하자면 벌집과 비슷하다고 할 수 있다. 벌집도 구멍이 많지만 그 단단함은 보기와 다른 것처럼 말이다.

……이걸 이해하는 것도 좀 오래 걸리긴 했다.

어쨌든 엄청 단단하다는 거고, 변형되어도 쓸 수 있다는 말이다.

일상생활에서 보이는 가전제품에도 탄소나노튜브를 이용한 장치가 수없이 개발됐다고 할 정도다.

참고로 지금 그가 착용하고 있는 킵보이도 그러한 원리로 만들어져 있으며 강도를 몇 배나 높인 것이라고 한다.

과연. 별거 아닌 것이라고 여겼던 킵보이를 잃어버리면 수천만 원을 지불해야 한다고 했던 이유를 알만 했다.

재현은 메타리엔이 잠시 일어났을 때, 카본나노튜브에 대해 물어보았다.

역시나 메타리엔도 처음 듣는 용어라 그게 뭐냐는 듯 바라보았다.

재현은 이에 대한 걸 프린트로 뽑았기 때문에 보여 주었다.

메타리엔은 글을 보면서 잠깐 꾸벅꾸벅 졸기도 했지만 빠르게 읽는 편이라 금방 다 읽었다.

재현은 프린트를 다 읽은 메타리엔에게 질문했다.

"어때? 만들 수 있겠어?"

"응. 복잡하긴 하지만 만들 수 있을 것 같아. 근데 요즘 인간들은 엄청나긴 하구나. 이런 것도 다 만들어 내고 말이야……."

메타리엔이 과거에 어떤 계약자와 계약했는지에 대해서는 물어보지 않아서 모르지만, '요즘 인간들' 이란 단어를 쓴 걸 보면 인간에 대해 잘 아는 모양이다.

어쨌든 그런 긍정적인 대답을 들었다. 만들 수 있다는 게 중요했으니 말이다.

"처음 시도해 보는 거니까 정령력을 좀 많이 사용할 수도 있어…… 재현이라면 버틸 수 있겠지만……."

"응. 정령력을 마음껏 사용해 봐. 일단 익숙해지는 게 중요하니까."

메타리엔도 처음 해 보는 걸 즉석에서 만들 수 없기에 재현은 여유를 가지고 만들어 보기로 했다.

이론을 아는 것과 막상 만드는 것은 다른 문제니까.

메타리엔은 카본나노튜브를 만들기 위해 머릿속에 기억했던 이론들을 정립해서 만들기 시작했다.

지금껏들과 비교할 수 없을 정도의 정령력이 쭉 빠져나가기 시작했다. 예상은 했지만 엄청난 소비였다.

'으아! 이 정도면 한 시간 버티기도 힘들겠다.'

메타리엔이 한 번 만든 광물은 만드는 법을 알고 자주 만들어 보면 정령력의 낭비를 막을 수 있다고 한다.

과연 한 시간 안에 만들 수 있을까 싶었다.

'나노 단위로 만드는 작업이니까 정령력이 많이 드는 게 당연하겠지.'

이걸 만드는 과정이 얼마나 복잡할까 소비되는 정령력으로 대충 예상이 되었다.

메타리엔은 몇 번의 시행착오를 거쳤지만 결국 만드는 것에 성공했다.

메타리엔도 엄청나게 심혈을 기울였던 모양인지 피곤

한 기색이 엿보인다.

물론 소환하는 동안 잠만 자고, 피곤한 표정이었지만 그 모습이 더 했다.

"만들었어. 꽤 힘드네…… 몇 번 더 만들어 보면 쉽게 만들 수 있을 거야……."

"그래."

재현은 이리저리 확인해 보았다. 그냥 겉보기에는 단단한 검은색 금속이었다. 다만 무지 단단하다는 건 알 것 같았다.

"메타리엔. 혹시 이걸로 갑옷 같은 걸 만들 수 있어? 아, 정령력을 꾸준히 소비해서 유지하는 걸로."

"응…… 충분히…… 다만 정령력을 꾸준히 주입해야 하기 때문에 정령력의 소비가 클 거라고 생각해……."

어느 정도 유지할 수 있을 것 같냐고 물어보았다.

메타리엔은 그가 정령력이 충만하고, 오직 갑옷을 유지시킬 때만을 가정할 때 두 시간 남짓이라고 말해 주었다.

그만큼 유지하는 것도 엄청나게 들지만 만드는 것도 많이 들기 때문이라고 한다.

만드는 거야 나중에 차츰 익숙해지면 불필요한 정령력 소비를 막을 수 있다고 하긴 하지만 지금 당장은 그 정도가 한계인 것이다.

'강력한 공격을 받을 때 만들면 되겠군.'

이게 굉장히 도움이 되리라 믿어 의심치 않았다. 철강 100배의 강도. 이건 결코 무시하지 못한다.

사철무장도 굉장한데 카본나노튜브는 얼마나 단단할까 기대가 되었다.

* * *

재현은 금속 중 가장 효율성이 좋다는 티타늄 합금을 구해 왔다.

그 가격은?

말로 형용할 수 없을 정도로 어마어마했다.

어떻게든 싸게 사들였지만, 1킬로그램에 천만 원 가까이 하니 그야말로 어마어마한 가격이라 볼 수 있었다.

처음에 이걸 사기로 했을 때, 가격이 얼마나 할지 조사도 안 해 봤다.

그냥 막연히 좀 비싸겠지, 라고 생각했을 뿐. 그리고 막상 가격을 들었을 때는 기절하는 줄 알았다.

그래도 이런 큰돈을 들이는 건 다 투자라고 생각해 눈물을 머금고 결국 구매하고 말았다.

자신에게 도움이 될 테니 좋게 생각했다.

재현은 바로 메타리엔에게 티타늄 합금의 구조를 보여 주었다.

메타리엔은 졸린 눈을 하며 바로 그 구조를 파악하는 데 집중했다.

이론상 만드는 것보다야, 만들어진 것을 눈에 보여 주는 게 더 좋겠다고 생각한 것이다.

이런 연구를 통해 자신에게 유용하게 쓰일 수 있게 된다면 얼마고 투자할 가치는 충분히 있다.

“아, 이런 식의 구조로 되어 있는 거구나…….”

분해와 조립의 형태로 계속 연구를 하고 있던 메타리엔의 얼굴이 흥미로 가득 찬다.

자신의 주 분야에서 새로운 것을 연구하는 건 상당히 매력적인 것이리라.

처음으로 메타리엔의 얼굴에서 피곤함이 싹 사라졌다.

메타리엔과 계약하고 처음 보는 얼굴이다.

메타리엔의 원래 얼굴은 지적으로 보이는 얼굴형이다. 다만 늘 보았던 표정이 피곤함으로 가득해서 잘 몰랐을 뿐이다.

말투는 여전히 피곤한 기색이 있지만 말이다.

시간을 들여 분해와 조립을 하면서 구조를 완벽하게 파악한 메타리엔이 그에게 티타늄 합금의 덩어리를 다시 돌려주었다.

"흥미로웠…… 어. 많은 도움이 됐어……."

"그래? 그렇다면 다행이고."

재현은 고개를 주억이며 다시 피곤한 표정으로 돌아온 메타리엔의 머리를 쓰다듬는다. 싫지 않은지 메타리엔은 그의 손길을 거부하지 않았다.

운디네로 느낀 거지만, 정령들은 나쁘게 생각하지 않는 인간의 손길을 오히려 좋아하는 것 같았다.

재현은 한동안 메타리엔의 머리를 쓰다듬다가 그가 카본나노튜브를 사 온 진짜 목적을 말했다.

"다른 금속으로 변화시킨 것 말고, 원래의 금속은 영구적으로 갑옷을 만드는 것도 가능하다고 했지?"

바로 영구적인 갑옷을 만들기 위함이다.

정령력을 들여 갑옷을 만드는 것보다 차라리 카본나노튜브를 구입해 만드는 게 더 좋겠다고 생각한 것이다.

메타리엔은 고개를 끄덕였다.

"응…… 만들 수 있어. 영구적으로…… 다만 정령력이 많이 들 거야……."

원래 금속을 만드는 정령이다.

납이나 사철 같은 것을 다른 금속으로 만드는 건 시간이 지나면 원래대로 돌아온다지만, 원래의 금속의 형태를 새로 변화시키는 건 영구적으로 가능하기 때문이다.

"그건 걱정하지 않아도 돼."

어차피 정령력이야 다시 회복하면 그만이다. 만들었다가 잠시 쉬고, 만들고를 반복하면 충분히 만들 수 있다고 생각한다.

시간이 얼마나 걸리든 관계없다. 영구적으로 쓸 수 있으면 그 정도도 투자 못 할까.

돈이 드는 것도 아니다. 헌터 상점에서 비싼 돈을 들여 사는 것보다야 훨씬 나았다.

어차피 사냥하는 도중만 아니라면 시간을 충분히 쪼개가며 쓸 수 있다.

능력을 사용하면 사용할수록 자신의 친화력과 정령력을 높이는데도 좋으니 손해 볼 건 전혀 없는 것이다.

몇 번을 생각해도 정령사는 헌터라는 직종에서 최고의 직업이다. 재현처럼 정령을 여러 명과 계약하면 이것저것 부수적인 게 들어오니까.

"그럼 이걸 카본나노튜브의 형태로 만들어 줄 수 있어?"

카본나노튜브는 이미 만들어 봤기 때문에 만드는 방법을 잘 알고 있다.

"응…… 그 옷도 벗어서 줘……."

"옷을?"

메타리엔은 고개를 끄덕이며 두 손을 내밀었다.

뭐에 쓰려는 건지 몰라도 일단 달라고 하니 웃옷을 벗어 주었다.

참고로 그가 입고 있는 옷은 일전에 샀던 아이언 와일드 보어의 가죽으로 만든 후드티다.

메타리엔은 티타늄 합금 덩어리들을 모아 놓더니 갑자기 후드티를 반으로 쭉 찢는다.

참고로 자동 재생 기능이 있지만, 이렇게 반절로 완전히 찢어지면 다시 이어붙이지 않으면 복구가 되지 않는다.

"뭐, 뭐하는 거야?"

눈앞에서 그 비싼 옷을 찢는 것을 보니 당연히 놀랄 수밖에 없는 재현이다. 메타리엔은 그런 재현에게 안심하라는 듯 대답해 준다.

"걱정하지 마. 이걸로 갑옷 만들 거야…… 형태는 변해도 효과는 지속될 거야…… 혹시 비슷한 가죽, 있어……?"

"그, 그래? 그럼 다음에 이런 일이 있을 때는 말해 줄래? 깜짝 놀랐잖아."

메타리엔은 다음에 반드시 그러겠다는 듯 고개를 끄덕인다.

메타리엔도 뭔가 생각하는 바가 있는 것 같았다. 재현은 조금 모아 두었던 아이언 와일드 보어의 가죽을 건네

주었다.

양은 충분한지 더 이상 필요한 걸 말하지 않았다.

메타리엔이 후드티를 기준으로 갑옷을 만들기 시작했다.

정령력이 쭉 빠져나간다.

티타늄 합금 덩어리를 갑옷 형태로 만드는 것도 꽤 많은 정령력을 요구한다.

갑옷으로 만들면서 카본나노튜브의 형태로 만드니 더 많은 정령력을 요구하게 되었다.

"재현아, 우린 정령계로 가 볼게. 우리가 있으면 소비가 더 커질 테니까."

"나중에 완성됐을 때 불러 줘."

운디네와 썬더러가 그 말을 하고서 곧장 정령계로 돌아갔다.

굳이 돌아갈 필요는 없었지만, 진행 상황으로 봐서 그들이 있으면 자신이 기절할 거라고 생각한 모양이다.

'엄청나게 많이 들긴 하는구나. 정령력.'

운디네와 썬더러가 정령계로 돌아가면서 정령력이 빠져나가는 속도가 조금 더뎌지긴 했지만, 별 차이가 안 느껴졌다.

재현은 벽에 기대어 앉아서 메타리엔이 하는 것을 지켜보았다.

만들다가 결함이 생기면 다시 덧대는 식으로 만든다.

그렇게 차츰 형태가 만들어지던 티타늄 합금 덩어리가 어느덧 후드티 주위로 모여 고정되기 시작했다.

자세히 보니 티타늄 합금을 실처럼 가늘게 만들어 단추를 만들기도 하면서, 점점 후드티에 차곡차곡 달라붙었다.

물론 후드티에 붙는 것이 아닌 것도 있었지만, 착용하는 부위별로 만드는 갑옷이기 때문에 종류도 다양했다.

그렇게 한참 동안 조용히 심혈을 기울여 만들던 메타리엔의 입이 열렸다.

"끝났어……."

"아, 수고했어."

메타리엔도 피곤한 기색이 엿보이지만, 정령력이 빠져나간 재현도 얼굴에 피곤이 잔뜩 내려앉아 있었다.

그는 다 만들어진 티타늄 합금 갑옷을 들어 보았다.

분명 처음에는 후드티였던 옷이 지금은 로브 같은 형태로 되어 있었고, 중간중간 티타늄 합금이 붙어 있었다.

방어구를 덧댄 로브 같았다. 재현은 이를 보며 감탄을 금치 못했다. 손재주도 정말 좋구나 하고 생각될 따름이다.

확실히 금속을 다루는 정령이라 여러 가지 형태를 만들어 봤을 테니 손재주가 좋을 수밖에 없지 않을까 그런 막연한 생각이 든다.

그는 메타리엔이 만든 로브인지 갑옷인지 모를 방어구를 입어보았다. 처음이라 부위별로 착용하는 것은 좀 오래 걸렸지만, 어떻게든 다 입을 수 있었다.

그는 화장실에 있는 거울을 보며 확인해 보았다.

솔직히 말해 현대 의상에서 벗어났지만 헌터의 입장에서는 멋과 방어력이라는 두 마리 토끼를 잡은 의상이라고 볼 정도였다.

"어때……?"

"괜찮은데? 멋도 있고. 깜짝 놀랐어. 메타리엔이 설마 이렇게까지 멋있게 만들어 줄 줄은 전혀 몰랐거든."

생각이 있어서 옷을 반으로 찢었겠지 생각하긴 했는데 이렇게 만들어 주니 오히려 고마울 따름이다.

메타리엔이 만일 인간이었으면 최고의 패션 디자이너가 되어 디자이너계에서 칭송받고 있지 않을까 하는 생각이 든다.

"그런데 무게는…… 어때……?"

메타리엔은 이번에 무게에 대해 물어보았다.

일단 재현이 입을 때 편하도록 만들었지만, 무게는 거의 고려하지 않은 듯하다.

물론 갑옷은 두께에 비해 상당히 가벼운 축에 속했다. 카본나노튜브의 용도가 그러하니 당연할지도 모른다.

하지만 만들어진 용량이 있으니 무겁지 않지만, 그렇다고 가볍지도 않았다. 어느 쪽이냐고 굳이 말하자면 무거운 쪽이긴 했다.

"무거운 쪽이야. 문제는 이 정도 두께가 아니면 얇아지니까 어쩔 수 없다고 생각해."

얇아져서 방어력에 지장이 생기는 것도 조금 그렇다.

다시 두께를 줄이면 새로 만들어야 한다.

재현이야 상관없지만, 메타리엔이 수고를 해 줘야 하는 일이기에 이대로 만족하기로 했다.

그렇게 생각하고 있을 때, 메타리엔이 뜻밖의 말을 해 줬다.

"그 무게를…… 나의 정령력을 사용하면 더 줄일 수 있어……."

메타리엔이 고개를 끄덕이더니 확인시켜 주겠다는 듯 힘을 사용하자 무게가 가벼워지기 시작했다.

"우와. 뭐야, 이거."

재현은 놀란 듯 메타리엔을 바라본다. 그 가벼움이 엄청났기 때문이다.

"여기에…… 정령석까지 중간중간에 섞으면 정령력도 보조해 줄 거야……."

"정말? 그런데 정령석이 뭐야?"

그런 좋은 게 있는지 처음 안 재현이기에 바로 관심을 보이는 건 어쩔 수 없었다. 운디네나 썬더러가 설명해 준 것이 아니기 때문이다.

재현의 궁금증을 메타리엔은 아주 간단하게 설명해 주었다.

"정령의 힘을 지닌…… 돌……."

"……."

그것을 본 적이 없는 재현이기에 거기서 침묵할 수밖에 없다.

알아듣기 쉽게 말해 주었지만 정확히 어떻게 생겼는지 말해 주지 않았다. 재현이 구체적으로 뭔지 물어보아서야 자세히 설명해 준다.

정령석. 그러니까 말 그대로 정령의 힘을 지닌 돌인데, 친화력이 없는 인간이라도 정령과 계약할 수 있게 해 주는 신비의 돌이라고 한다.

또한 친화력과 정령력을 쌓는 데 도움을 줄 수 있다고 한다. 정령사에게는 엄청나게 좋은 돌이라고 한다.

하지만 헌터 상점이나 헌터 거래소를 이용하면서 그런 물건을 본 적이 없다.

인터넷에 검색해 보면 나올지도 모르지만 검색해 봐도 정령석에 대해서는 전혀 나오지 않는다.

아무래도 정령석이란 건 없는 모양이다.

"정령석…… 그거 내가 만들 수 있어……."

"정말?! 어떻게?"

만들 수 있다는 말에 화들짝 놀란 재현이다.

"몬스터를 잡을 때 얻을 수 있는 수정체. 그거면 될 거야. 다만 인위적으로 만든 것이기 때문에 성능은 한참 뒤떨어질 거야."

수정체가 정말 이럴 때 만능인 거 같았다. 마나석도 그렇고 정령석도 그렇고.

재현은 기꺼이 메타리엔에게 자신이 가지고 있는 수정체 중 가장 좋은 것을 건네주었다.

"가능…… 해. 여기에 정령력을 장시간 주입하면 정령석이 될 거 같아……."

기능은 그리 기대하지 않는 것이 좋다는 말과 함께 메타리엔은 수정체에 정령력을 주입하기 시작한다.

갑옷 하나 만드는 것이 오래 걸리는 건 둘째 치고 정령력의 소비가 상당히 되었다.

다음에 따로 만드는 것을 고려해 보는 게 좋겠다고 생각하며 멍하니 허공을 바라보았다.

*　*　*

설악산을 완전히 점령한 몬스터들은 여전히 활개 치고 다니고 있었다.

헌터들에게는 이 상황이 반갑기만 하다.

몬스터들이 많아진다는 것은 그만큼 사냥할 게 많아진다는 것이다.

사냥할 게 많아진다는 것은 돈을 벌 기회인 것이다.

하지만 민간인의 입장에서는 몬스터들로 인해 받는 피해가 생기기 때문에 누적되면 국가적인 문제가 될 수도 있다.

현재 사냥한 몬스터의 수가 많아지긴 했지만 발견되는 몬스터의 수는 계속 최신화되고 있다.

최초 몬스터의 수는 어림잡아 1만 마리 정도였지만, 지금은 4만 마리를 돌파한 상황이다.

줄어드는 숫자보다 늘어나는 숫자가 더 많은 것이다. 몬스터의 번식력은 타의 추종을 불허한다.

때문에 사냥을 하지 않으면 그 숫자는 기하급수적으로 늘어나게 되며 영역을 더 확장해 나갈 수 있다.

실제로 중동의 어떤 나라는 몬스터가 나타난 곳이 성역이라 훼손시킬 수 없다며 사냥하지 않은 곳도 있다.

그 때문에 많은 숫자의 몬스터들이 영역을 넓혀가 결국 뒤늦게 토벌을 하기 시작했다.

그러나 몬스터들의 수는 줄어들기는커녕 오히려 기하급수적으로 번식해 결국 몬스터들로 인해 나라가 멸망한 사례도 있다.

이 때문에 설악산의 몬스터 대출몰은 크게 이슈화된 상태다.

정부에서는 국가 재난 상태 선포도 고려하고 있는 중이다.

물론 아직 그 정도까지는 아닌 터라 고려만 하고 있는 중일 뿐, 만일의 상황에 대비하고 있다고 한다.

재현에게는 그저 남의 얘기일 뿐이지만 말이다.

"우와, 대단해. 이건 C급 몬스터들의 공격에도 어느 정도 충격을 흡수하겠는걸?"

재현은 크레이지 울프(Crazy Wolf)를 마주한 상태이다.

이름: 크레이지 울프

종류: 개과

등급: E+

-무리에서 떨어져 나온 녀석들이다. 상대에게 어떻게 하면 치명상을 입힐지도 아는 영악한 몬스터이다. 녀석의 이빨은 아이언 와일드 보어의 가죽을 찢을 수 있을 정도로 날카롭다. (Tip. 방어구를 입었다고 해도

방어구째 이빨에 물릴 수 있으므로, 물리지 않도록 각 별히 주의할 것.)

설명에 나온 대로 녀석의 이빨은 상당히 강력했다.

나무를 던져 녀석의 입을 완전히 무력화시키려고 했더니 그것을 박살 내 버렸다.

턱의 힘이 생각보다 세 조금 놀랐지만, 녀석의 악력은 티타늄 합금까지 박살 내기에는 한참 부족했다.

약간 불안해 카본나노튜브로 만든 티타늄 덩어리를 녀석에게 던지니 그것만큼은 어떻게 하지 못했다.

재현은 하하 웃으면서 녀석에게 팔 하나를 내줬다.

녀석은 덥석 팔을 물었다.

그가 내민 팔은 카본나노튜브로 구성된 방어구가 있는 부분이다. 전혀 아프지도 않고, 찌그러지지도 않았다.

이 정도면 아무리 멍청해도 자신의 이빨로 어떻게 못 한다는 걸 알 텐데 녀석은 끝까지 물고 늘어졌다.

정말 한 번 물면 놓지 않는 녀석이었다. 이걸 봤을 때는 영악한 건지, 어리석은 건지 모르겠다.

"그래, 입 벌리지 말고 꽉 깨물고 있어."

재현은 있는 힘껏 녀석의 대가리를 주먹으로 힘껏 내리쳤다. 녀석이 아파하지만, 역시나 아가리를 벌리지는 않는다.

"이 녀석은 공격력은 센데, 방어력에 취약한 편이로군."

퍽! 퍽!

녀석의 몸에 주먹을 꽂는 감각이 꽤 좋았다. 때릴 때마다 스트레스가 쫙 풀리는 것만 같았다.

결국 녀석은 아픔을 이기지 못하고 아가리를 벌려 팔을 놓았다.

재현은 그 상태로 달려들어 주먹과 발차기로 녀석을 제압해 나갔다. 결국 녀석을 때려죽인 재현은 숨을 거칠게 내쉬었다.

"후우, 힘들다."

육체적으로 힘은 들었지만 갑옷이 엄청 튼튼하다는 사실 하나는 확실히 증명이 된 것이다.

그 때문에 재현은 녀석에게 달려들며 주먹다짐을 할 수 있었다.

다만 방어구 덕분에 단단해졌어도 힘이 세진 게 아니라서 녀석을 제압하는 것도 꽤 오래 걸렸다. 그래, 단지 시간만 꽤 오래 걸렸을 뿐이다.

재현은 일단 방어구의 성능도 더 테스트할 겸 깊숙이 들어가기 시작한다. 이번에 그가 목표로 하는 것은 D급 몬스터에게 성능을 실험해 보는 것이다.

Chapter 04
정령력 컨트롤

티타늄 합금으로 만든 갑옷을 재현은 간단하게 티타늄 코트라고 부르기로 했다.

티타늄 코트의 내부는 충격 흡수 소재도 들어 있기 때문에 충격들은 대부분 다 흡수가 되어 아픔이 거의 안 느껴졌다.

재현은 티타늄 코트가 확실하게 얼마나 더 버티는지 확인하기 위해 아이언 와일드 보어를 상대로 실험해 보기로 했다.

사철무장으로도 쉽게 막았던 녀석이어서 큰 걱정은 되지 않았다. 물론 그 전에 확인할 게 몇 가지 더 있었다.

"꿔이이이익!"

녀석은 울부짖으며 분노를 표출하고 있었지만, 재현은 공격을 받고도 웃고 있었다.

이번에 개발한 새로운 기술인 카본나노 쉴드는 엄청난 방어력을 지니고 있었기 때문이다.

이론상 아이언 와일드 보어보다 더 강한 녀석의 공격을 받아야 깨질 만큼 단단한 기술이다.

당연히 녀석의 공격은 전혀 소용이 없었다.

백날 돌진해 봐야 자기 머리만 아플 것이다.

그 때문에 자신이 공격하는데 상대는 멀쩡하고, 데미지는 자신만 받을 테니 잔뜩 약 오를 것이다.

아이언 와일드 보어는 공격을 해도 잔뜩 흥분한 상태지만, 상황은 변하지 않았다.

"메타리엔의 방어 기술이 얼마나 버틸지 확실하게 알려면 더 높은 등급의 녀석들을 찾아가 봐야 하나?"

재현은 고민을 해 본다. 이대로 C급 몬스터들이 있는 곳에 갈까 말이다. 하지만 곧 고개를 저었다. 아직은 아니라고 생각한 것이다.

C급 몬스터부터는 중급 헌터의 영역이다. 초급 헌터들이 잡을 수 있는 것은 많지 않았다.

또한 혼자서 C급 몬스터를 사냥하는 헌터는 베테랑 중에서도 베테랑만 가능하다는 게 정설이다.

C급 몬스터들부터는 어지간해서는 파티를 맺고 가는 걸 추천한다.

아무리 중급 헌터라도 C급 몬스터부터 반드시 조심해야 한다. 헌터계에서는 이런 말이 있다.

D급까지는 사냥만 하는 입장이지만, C급부터는 사냥을 당하는 입장이 될 수 있다, 고.

무엇보다 C급 몬스터, 홉 고블린 부족장의 힘을 직접 본 재현이기 때문에 당연히 함부로 갈 생각을 못 했다.

'C급부터는 무시무시한 녀석들이 나오니까.'

알아본바, C급 중 가장 무서운 건 늑대과인 웨어 울프. 키는 2~3미터 정도인데 이족보행을 하는 늑대형 몬스터다. 또한 마법에 대한 저항력을 가진 녀석들도 상당수 되기 때문에 재현의 입장에서 상대하기 까다로울 수밖에 없다.

재현은 아직 초급 헌터이며 자신의 정확한 힘을 모른다.

불과 얼마 전까지만 해도 아이언 와일드 보어를 잡는 것도 힘들어했던 그다.

방어력이 높아졌다고 다짜고짜 갔다가 죽으면 그걸로 끝이다.

그래서 어쩔 수 없이 선택한 것이 바로 아이언 와일드 보어다. 녀석은 C급 몬스터에 준하는 몬스터이기 때문이다.

"꾸익! 꾸이이익!"

녀석의 흥분 상태가 극도에 달했다.

눈이 시뻘겋게 충혈되고 녀석이 발을 구른다.

"그래, 와라."

충격 흡수 소재까지 완벽하게 되어 있는 갑옷이다.

겉으로 볼 때는 상당히 얇아 보이지만 실은 옷 안에도 몇 겹으로 덧대어 있다.

이것이 바로 메타리엔이 만들어 낸 희대의 역작이다.

메타리엔이 설사 아이언 와일드 보어와 정면으로 부딪쳐도 아프지 않을 거라고 호언장담을 했을 정도니 믿음은 확실하게 간다.

녀석 이상으로 강한 녀석을 본 적이 없는 메타리엔이기 때문에 확실히 어떤 몬스터까지 괜찮다고 정의내리지 못하고 있지만 말이다.

"꾸이이이익!!!"

녀석이 울분을 토해 내듯 저돌적으로 달려든다. 재현은 충격에 대비하고, 정면으로 부딪쳤다!

쾅! 소리와 함께 재현이 멍청한 소리를 냈다.

"어……?"

재현이 그 뒤로 본 것은 파란 하늘이었다.

재현은 입으로 멍청한 소리를 내며 멍하니 하늘을 바라보았다.

뭐가 어떻게 된 건지 이해하지 못한 표정으로 주위를 둘러본다.

'내가…… 날아간 건가?'

머리가 띵했지만 몸은 크게 다치지 않았는지 별다른 고통은 없었다.

손도, 발도 다 움직여진다.

어떻게 된 건지 고민하려고 했지만, 그럴 시간도 없었다.

"뀌이이익!"

녀석의 울음소리 때문이다.

재현이 반사적으로 일어나자 또다시 충격이 가해지고, 멀찍이 날아간다.

재현은 다시 벌떡 일어나 칼을 빼 들고 녀석을 공격했다.

녀석은 다시 돌진하고 또 날아간다.

그렇게 반복하기를 여러 번.

녀석과 부딪치는 족족 재현은 멀찌감치 날아가기만 할 뿐이다.

날아가긴 해도 별다른 타격은 없었다.

그저 날아갈 뿐이다.

입고 있는 티타늄 코트가 모든 충격을 흡수해 주어 몸에 충격은 전혀 없었다.

이대로 가만히 있을 재현이 아니다. 주먹으로 때리고, 검을 꺼내 녀석의 두꺼운 가죽을 뚫으려고 찌르기도 하고.

그는 자기 나름대로 공격을 해 보고 있다. 하지만 물리 공격에 상당한 방어력을 지닌 녀석에게 통할 리 만무했다.

재현은 갑옷 덕분에 타격을 입지 않는 것이지, 강해진 것이 아니기 때문이다.

운디네와 썬더러, 메타리엔은 도우지 않고 그 광경을 지켜보기만 했다.

재현이 도움을 요청하기 전까지 나서지 말라고 해 두었기 때문이다.

이 재미없는 싸움을 지켜보는 그들도 약간 지루한 표정이다.

어느새 녀석의 흥분한 모습은 온데간데없었다.

오히려 재현을 장난감처럼 가지고 놀고 있는 모습이다.

"꿔익!"

녀석이 앞발을 들어 올린다. 그냥 그 앞발이 티타늄 코트에 내리박히는 건 그다지 상관은 없었다. 기분이 나빠도 어차피 충격은 없으니까. 아무리 세게 내리찍어도 흠집 하나 나지 않으니까.

하지만 그 앞발이 얼굴로 향하는 건 재현이라 해도 무사할 수 없었다. 투구라고 할 만한 것이라고는 고작 이마 보호대가 전부다.

이게 날아오는 돌멩이나 화살은 보호해 준다 해도, 묵직한 공격에는 전혀 소용없다는 건 재현이 아주 잘 안다.

"우, 우왓?! 운디네, 썬더러, 메타리엔!"

결국 위급해지자 재현이 정령들에게 도움을 요청한다.

그의 앞에 얼굴 앞에 메타리엔의 사철방패가 생겨났다.

쿵! 하는 묵직한 소리가 울리고, 재현은 황급히 몸을 옆으로 뒹굴고 벌떡 일어났다.

정령들은 어느새 재현의 앞으로 와 공격을 준비한다.

정령들까지 나선다면 재현이 굳이 위급함을 느낄 필요는 없다.

"이 녀석. 감히 돼지 주제에 잘도 날 장난감처럼 가지고 놀았다 이거지?"

재현이 너 잘 걸렸다는 표정을 지었다.

* * *

티타늄 코트에 정령석을 녹이면 엄청난 효과가 있다는 걸 재현은 이번에 제대로 통감했다.

티타늄 코트를 입었을 때와 안 입었을 때의 차이는 명확했다.

편히 휴식을 취할 때 정령력이 회복되는 속도가 비약적

으로 상승했기 때문이다.

거기다 티타늄 코트에 아주 미약하게 빛이 흘러나오고 있었다. 아주 자세히 봐야지만 볼 수 있지만, 입고 있는 당사자는 상당히 신경 쓰일 수밖에 없었다.

불행 중 다행이라면 다른 사람의 눈에는 안 보이고, 오직 정령사들에게만 보이는 빛이라고 한다.

남들이 봤더라면 곤란했을 텐데 그나마 다행이라고 할 수 있다.

같은 정령사들에게는 보인다는 얘기겠지만, 정령사가 그리 많은 것도 아니니 크게 신경 쓸 건 아닌 것 같다.

티타늄 코트에 빛이 나타나는 이유는 정령석을 녹여 그 힘이 약간 부여됐기 때문이라고 한다. 정령석을 더 많이 넣으면 빛이 강해진다고 한다.

그러니까, 쉽게 설명하자면 게임에서 무기의 강화 성공 숫자가 늘어날수록 그 빛의 세기가 더해지는 것과 같다고 보면 될 것 같다.

그럼 눈이 멀 정도로 강화가 가능하냐고 물으니 그건 불가능하다고 한다.

너무 지나치게 강화를 하면 그 힘의 무게를 이기지 못하고 장비가 파괴된다고 한다. 물 풍선에 물을 계속 채워 넣는 것과 같은 이치다.

티타늄 코트의 경우도 마찬가지다. 메타리엔이 예상하는 강화 가능한 숫자는 각 부위별로 한두 번이 최고라고 한다.

그나마 코트는 세 번 정도 가능하다고 한다.

메타리엔이 정령력을 쏟아부어 정령석을 만들자, 재현은 신기한 듯 정령석을 바라보았다.

푸른색을 띠던 수정체의 색깔이 녹색으로 변했기 때문이다. 거기다 빛은 더욱 화사해졌다.

확실히 정령력을 쏟아부어서 만든 것이 맞긴 한 모양이다. 정령석에서 정령력이 느껴지고 있었다.

수정체의 질에 따라 쏟아 내는 정령력의 세기가 달랐지만, 이것만 해도 큰 의미가 있었다.

정령력을 보완해 준다는 말이 괜한 허언이 아니었다.

"메타리엔. 정령석은 나도 만들 수 있는 거야?"

메타리엔에게 계속 부탁하는 것도 그렇고 해서, 재현은 혹시 자신도 만들 수 있는지 물어보았다.

자고 있는데 깨우는 게 미안하지만 궁금한 건 못 참는 성격이다. 메타리엔은 자다가 깨서 짜증 날 만도 한데 제대로 대답해 주었다.

그리고 그 대답은 상당히 긍정적인 것이었다.

"응…… 가능해……."

"정말?! 그럼 나도 알려 줘."

"알려 줄 수는 있어…… 그런데……."

재현은 메타리엔이 말하는 것에 경청했다.

만드는 것은 가능하다.

수정체의 에너지가 흐르는 지점이 있는데, 그곳에 정령력을 주입하는 것이다.

그 에너지를 정령력에 녹여 동화시키는 작업을 하면 끝이다.

그냥 들을 때는 매우 쉬워 보이지만 사실 이게 엄청나게 어려운 작업이라고 한다.

정령석을 인위적으로 만드는 것은 엄청난 집중력이 필요하며 많은 시간과 정령력을 투자해야 한다는 것이다.

조금이라도 정령력의 주입량이 달라지면 수정체가 그냥 돌덩이가 될 수도 있다고 한다.

그것만이 아니다.

실패했을 때 간혹 그 힘을 견디지 못하고 폭발할 수도 있다고 한다.

폭발이 약해 화상으로 그칠 수도 있지만, 질이 높은 것은 화상으로 안 끝날 수도 있다는 것.

"위험이 동반되긴 하는구나……."

재현은 턱에 손을 괴었다.

메타리엔이 만들 때 상당히 집중하는 걸 눈여겨보긴 했

는데 설마 그렇게까지 어려울 줄은 몰랐다.

그렇다고 포기할 재현이 아니다. 뭐든 일단 부딪쳐 보는 게 재현이다.

뭐든 부딪쳐 봐야 할 줄 알게 될 것이 아닌가.

재현은 즉각 실행해 보기로 했다.

일단 폭발해도 죽을 위험이 없는 최하등급의 수정체로 먼저 시작하기로 했다.

참고로 재현은 비율을 맞추는 거라면 자신이 있다.

그는 오랫동안 자취를 한 자취생이다.

음식을 만들 때 조금이라도 더 맛있게 만들기 위해 여러 가지 조미료를 넣어 먹기도 하는데, 그 비율을 정확하게 맞추는 게 가능하다.

물론 인스턴트를 먹더라도 조금이라도 더 맛있게 먹는 게 사람의 욕심 아니겠는가!

라면을 끓일 때도 가장 맛있는 물의 양을 찾아서 직접 끓여 먹던 재현이다.

정령석을 만드는 걸 라면하고 비교하는 게 웃긴 일이지만 말이다.

"끙, 어렵네."

정령력을 다룬다는 건 상당히 까다로운 일이었다.

내부에 있는 에너지의 흐름이 느껴진다고 하는데, 재현

은 전혀 느끼지 못했기 때문이다.

"에너지의 흐름이라는 게 전혀 안 느껴지는데? 무엇보다 그 흐름이 어떤 느낌인지도 모르겠어."

메타리엔이야 익숙하니까 다 안다고 하지만, 재현은 그게 어떤 건지 모른다. 에너지의 흐름을 느꼈어도 그 흐름이 맞는지 모를 수도 있다.

"조금 더 집중해 봐…… 수정체 내부에 있는 에너지의 흐름을 찾는 거야……."

메타리엔이 다시 한 번 설명해 주고, 재현은 고개를 끄덕이며 에너지의 흐름을 찾아보기 시작한다.

'아, 이게 메타리엔이 말한 에너지의 흐름인가?'

정령력을 흘려보내며 집중하니 수정체 내부에서 미약한 기운이 흐르는 것이 느껴졌다.

"느껴져. 물처럼 잔잔하게 흐르고 있어. 이거 맞지?"

눈을 뜨고 물어본 재현. 메타리엔은 고개를 약간 끄덕였다.

"이제 그곳을 더듬어서…… 에너지가 흐르는 지점을 찾아…… 정령력을 천천히, 아주 천천히 주입해 봐……."

그는 방금 전 자신이 찾았던 에너지의 흐름을 다시 찾은 후, 열심히 에너지의 흐름을 더듬기 시작했다.

한참 돌아서 이동하고 있던 그 흐름이 어느덧 한 지점에 뭉쳐 있는 것이 느껴졌다.

재현은 메타리엔이 말한 지점을 찾은 즉시 정령력을 천천히 흘려보냈다.

손에서부터 타고 내려오던 정령력은 천천히 수정체에 녹아들기 시작했다.

생각해 보니 재현은 정령력을 스스로 컨트롤한 적이 없었다.

굳이 스스로 컨트롤하지 않아도 다들 알아서 기술을 사용하기 때문이다.

계약자의 정령력을 빌리며 힘을 사용하는 게 정령이다.

재현이 굳이 조절할 필요도 없는 것이다.

그간 정령력을 조절할 필요성을 못 느꼈는데, 막상 해 보니 이게 엄청나게 힘든 것이었다.

그는 두 눈을 지그시 감으며 모든 감각을 수정체에 집중시킨다.

나름대로 약하게 정령력을 주입하고 있다고 생각했는데, 어느 순간 에너지가 집약되어 있는 곳이 부글부글 끓더니 굳어져 버렸다.

모든 에너지의 흐름이 막히고, 아무런 감각이 들지 않았다.

그가 눈을 뜨고 수정체를 확인해 봤다. 그의 손에 들려 있는 건 어디서나 흔히 볼 수 있는 돌멩이였다.

"딱 봐도 실패한 모양이네."

재현은 방금 전까지는 수정체였던 돌멩이를 보며 인상을 찌푸렸다.

"처음 하는 것치고는…… 매우 잘한 거야……."

메타리엔이 옆에서 위로해 주었지만 전혀 위로가 되지 않았다.

사실 메타리엔도 그를 위로한 것도 있긴 했지만, 사실을 말한 것이 컸다.

정령력을 처음 컨트롤해 보는 정령사들은 마나석에 있는 마나의 흐름을 찾는 것조차 어려워한다.

그것을 알아내기까지 엄청난 시간이 든다.

하나 재현은 딱 한 번 해 보고 바로 알아차린 것이다.

게다가 메타리엔도 내심 놀랐던 것이 하나 더 있다.

'재현이는 처음 하는 것치고 정령력의 조절도 엄청 잘하고 있다는 사실조차 모르는 모양이네…….'

정령사들이 처음으로 자신의 정령력을 조절하려고 하면 마음대로 안 된다.

약하게 하고 싶어도 조절이 되지 않아 정령력을 내보내는 것이 다들 들쭉날쭉하다.

하지만 재현은 딱히 연습을 한 적도 없는데 그것을 조절하기까지 했다.

물론 정령사들이라고 전부 다 정령력을 조절하지 못하는 것은 아니다.

많이 없을 뿐이지, 있긴 있다.

"그래. 다시 해 보자. 어차피 수정체는 많으니까."

처음부터 잘하는 사람은 없다는 뉘앙스로 말하며 다른 수정체를 꺼낸 재현.

재현은 수정체를 손에 움켜쥐고 다시 집중하며 정령력을 주입한다.

이 날, 재현이 가지고 있던 수많은 수정체가 돌이 되거나 폭발을 일으켰다.

*　　*　　*

재현은 몬스터를 통째로 가지고 갈 욕심을 부리지 않고, 값이 나가는 재료들만 챙겼다.

정령석을 만들기 위한 수정체가 필요했기 때문이다.

재현은 자신이 가지고 있는 최하급 수정체를 몽땅 사용해서 간신히 하나를 성공했다.

나머지는 폭발하거나, 돌멩이가 되어 버렸다.

한 번 성공하고 나니 어떻게 만들어야 할지 대충 감이 왔다.

수정체를 날린 것이 많이 아깝다는 생각이 들긴 한다. 하지만 이것도 일종의 투자라고 생각하면 마음이 편했다.

메타리엔에게 부탁하면 되겠지만, 잠이 많은 녀석이다.

자신의 욕심 때문에 잠에 빠진 메타리엔을 깨워 만들어 달라고 하기도 미안하다.

일단 그건 핑계이고, 사실 그에게는 다른 속셈도 분명히 있었다.

자신과 메타리엔이 동시에 정령석을 만들어 더 많이 만들 속셈도 가지고 있는 것이다.

덕분에 F~E급 몬스터들을 위주로 잡고 있었다.

한 번 성공했다 해서 욕심을 부리면 실패 확률이 더 늘어나기 때문이다.

또한 아직 정령력을 다루는 게 미숙해서 괜히 욕심부리다가 폭발해서 다치기라도 하면 본인의 손해다.

치료수나 포션이 있다고는 하지만 치료가 될 때까지 아무것도 하지 못한다.

차라리 안전하고 확실하게 감을 익혀 성공 확률을 높이는 게 더 효율적이라 판단했다.

"수정체는 챙길 만큼 챙겼고 다시 시작해 볼까?"

재현은 최하급 수정체들을 내려놓았다.

그가 가지고 있는 수정체의 수는 대략 백여 개.

가장 만만하고 잡기 쉬운 것들만 잡아 이렇게까지 얻을 수 있었다.

배틀 레빗이나, 하운드 울프. 녀석들의 습성을 완전히 파악하고 있는 재현이기 때문에 잡는 것은 그리 어렵지 않았다.

갑자기 몬스터들이 대거 사라져 수습 헌터들이 울상이 되었다는 건 재현이 알 리 없는 사실이다.

재현은 자리에 털썩 앉으며 수정체를 움켜쥔다.

어제 간신히 성공했던 그때의 기억을 되짚으며 집중을 시작한다.

메타리엔은 재현의 머리 위에서 쿨쿨 잘도 자고 있다.

운디네와 썬더러는 그에게 방해되지 않게 멀리 떨어져 놀고 있었다.

최근 운디네와 썬더러랑 잘 안 놀아주고 있어 괜히 미안한 마음이 들었다.

예전에는 자주 놀기도 하고, 대화도 많이 나눴지만, 지금은 그 시간이 많이 줄었다.

운디네, 썬더러, 메타리엔을 하루 종일 소환해도 정령력이 떨어지지 않기 때문이었다.

소환 시간이 길어졌다.

소환하는 정령들의 수도 늘어나 있으니 친화력과 정령력이 빠르게 차오르는 것도 사실이다.

여전히 운디네가 만든 정화수를 마시고, 요리하고, 샤워하는 등 친화력을 쌓는 것도 꾸준히 하고 있다.

메타리엔은 뭘 만들거나 방어 기술을 자주 사용하는 것 때문에 친화력이야 걱정할 게 없다.

썬더러야 주로 공격을 하는 기술을 응용하니 마찬가지다.

이 때문에 굳이 수다를 많이 떨지 않아도 친화력은 예전보다 많이 쌓이는 게 사실이었다. 최근 자신도 이에 대해 크게 절감했고 말이다.

'하지만 다들 서운해하고 있겠지?'

메타리엔의 소환 이후 재현은 뭔가를 만든다고 메타리엔에게만 신경을 많이 쓰게 된 것도 사실이다.

처음에는 친해질 명목이었지만, 점점 그것이 퇴색되어 갔다.

지금은 정령석을 만든다고 다들 자기들 할 일을 하고 있지 않은가.

재현은 이 일이 다 되는 대로 잔뜩 대화하기로 마음먹었다.

*　　*　　*

"이제야 감이 좀 오네."

재현의 왼쪽에는 수많은 돌멩이와 그 파편들이 널려져 있는 반면, 오른쪽에는 정령석이 바르게 놓여 있었다.

그의 손에 의해 돌멩이가 되어 버린 수정체의 수는 칠십여 개.

수많은 실패와 오류를 범하고서야 드디어 정령석을 만드는 것에 감을 익혔다.

메타리엔도 인정할 정도로 완벽하게 정령석을 만들어 내어 재현도 뿌듯했다.

재현은 일단 최하급 수정체는 놔두고, 나중에 만들 일이 있으면 따로 만들기로 했다.

수정체가 언제 어디서 필요할지 모르니 말이다.

역시 실력은 많이 부족해, 여전히 최하급 수정체밖에 하지 못한다.

하지만 이대로 쭉 연습하다 보면 하나씩 단계를 밟아 가며 할 수 있으리라 봤다.

"메타리엔. 정령석으로 강화해 줄래?"

"알았어……."

강화하려고 쓸 정령석은 메타리엔이 따로 만든 것이다.

중급 수정체. 그러니까 D급 몬스터에게 운이 좋을 때 얻을 수 있는 수정체다.

재현은 D급 몬스터를 많이 잡아 봤기에 중급 수정체를

어느 정도 가지고 있는 편이다. 이것들을 전부 티타늄 코트를 강화하는 것에 사용하기로 했다.

메타리엔은 정령석을 티타늄 코트 위에 놓고 힘을 사용하기 시작한다.

정령석은 얼음이 물이 되듯 서서히 녹기 시작했다. 녹은 정령석의 액체는 티타늄 코트에 스며들기 시작한다.

* * *

재현은 하하 웃으면서 아이언 와일드 보어의 주변을 물바다로 만든다.

그 후 사철로 녀석의 몸을 둘러쌌다.

마지막으로 썬더러의 전류로 완전히 무력화시켰다.

메타리엔과 계약하고 사냥에 익숙해지면서 더 많은 기술을 응용할 수 있게 되었다.

맨몸일 때는 몰라도, 정령을 사용하면 얘기가 180도 달라진다.

이제는 아이언 와일드 보어의 사냥도 크게 어렵지 않았다.

그렇게 자신을 농락한 녀석에게 최대한 고통을 주며 전기 충격을 가하고 있을 때였다.

삼겹살 굽는 냄새가 코를 찌른다.

"이런, 완전히 전기 통구이가 됐겠네."

아니나 다를까.

녀석을 감싸던 사철이 풀리고, 전기 충격을 받던 녀석의 모습이 드러나자 재현이 곤란한 표정을 지었다.

녀석의 몸이 익었기 때문이다.

사철에 둘러싸인 곳에서 전기 충격을 가하면 당연히 열이 오를 것이고, 그 때문에 이렇게 익어 버린 것 같다.

녀석은 온전한 모습일 때가 가장 값이 많이 나갔다.

특히 가죽의 값이 가장 뛰어나기 때문에 지금처럼 가죽이 익어 버리면 거래하지도 않는다.

전부 익지 않았다 해도 훼손이 너무 심하기 때문에 차라리 그냥 버리는 게 나을지도 모른다.

"어차피 또 내려갔다가 올라오는 것도 귀찮으니까 그냥 몇 개만 수거해야지."

최근 재현은 들고 갈 수 있을 만큼만 사냥하는 걸 위주로 했다.

계속 산을 올라갔다 내려가는 걸 반복하면 피로가 쌓일 수밖에 없으며 내려갔다가 올라오는 시간이 너무 아까웠기 때문이다.

그 시간에 차라리 몬스터를 한 마리라도 더 사냥하는 게 이득이었다.

팔리는 몬스터의 수가 많아지다 보니 물가가 싸진 것도 한몫했다.

몬스터의 대출몰이 일어나면 평소에 비쌌던 몬스터의 가죽이 반값이 되는 경우도 허다하다고 한다.

부족했던 공급이 늘어나기 때문이다.

물론 대출몰이 끝나면 다시 공급이 줄어들어 원래대로 돌아오긴 하지만 말이다.

이런 시기이니 차라리 한 마리라도 더 사냥하는 게 돈이 더 된다.

돈에 대한 집요함이 뛰어난 재현이라 이런 때일수록 더 많이 머리를 굴리게 된다.

하지만 지금 그는 딱히 돈을 좇는 모습이 아니다.

오히려 벌었으면 좋고, 못 벌었으면 됐고라는 듯 아주 여유로운 표정이다.

그 이유는 따로 있다.

그는 쓰는 것에 비해 벌어들이는 게 많기 때문이다.

하루에 못 해도 삼백만 원을 버는 재현이니 당연히 돈이 쌓일 수밖에 없는 것이다.

헌터의 입장상 벌어들이는 만큼 쓰는 돈이 많아지기 마련이지만, 재현은 예외다.

다른 헌터들은 포션값이나, 장비 수리비 같은 것으로 돈이 많이 나간다고들 한다.

하나 재현은 포션도 거의 쓰지 않으며 수리비도 거의 안 나간다.

수리비로 나갈 거라면 검이 전부인데, 검보다는 정령들로 사냥을 하기 때문이다.

검은 주로 호신용으로, 근접해 온 몬스터들을 처리할 때 사용한다.

솔직히 이번에는 나름대로 조금 써 봤지만, 평소에 검을 써 본 적은 거의 없다.

어지간한 몬스터들이 다가오면 바로 길을 막아 버리고, 공격하기 때문에 검을 쓸 일이 없는 것이다.

설사 검이 부러진다 하더라도 메타리엔이 고쳐 주면 그만이다.

지금도 메타리엔은 말하지 않았는데도 약간 이가 나간 검을 갈아 주고 있었다.

'그래도 이 검이 아주 쓸모 있긴 하지.'

얼마 전 메타리엔의 능력을 사용해 검날을 다른 금속으로 바꾸어 보기도 했다.

결과는?

당연히 아주 멋지게 성공했다.

시험 삼아 검날을 카본나노튜브로 바꿔 보고 시험해 봤

었다.

평소의 힘으로 돌멩이를 내리쳤는데, 돌멩이가 베였기 때문이다.

물론 검에 숙련된 이들도 못 할 건 없지만, 재현은 초보자다.

검도를 배운 적은 있어도 운동을 위해 배운 것뿐이다.

최근에는 실전 검도 학원이 많이 생기긴 했지만, 전문적으로 파고든 것도 아니다.

아무런 요령도 없는 그가 돌멩이를 깨끗하게 벤 것은 검날의 성질을 바꿨기 때문이다.

방어구만 입었을 때는 힘이 부족해서 백날 때려 봤자 몬스터들에게 별다른 타격을 주지 못했다 하더라도, 무기라면 얘기가 달라지는 것이다.

문제는 비상시에 사용하기에는 카본나노튜브로 변화시키는 시간이 꽤 걸린다는 것이다.

그것만이 아니라 비상시라는 건 언제나 위급할 때이다.

아마 이건 즉사시키는 용도로 사용하는 게 옳을 듯싶다.

물론 조기에 위험을 발견하고 날의 성질을 바꿔 베기만 한다면 분명 훌륭한 일격을 날릴 수 있게 될 것이다.

그렇게 여러 가지 연구를 진행하다 새로운 기술도 알아내고, 흥미로웠던 것도 많았다.

뭔가 자신이 원하는 성과나 의도치 않은 연구 결과를 얻었을 때의 그 뿌듯함과 희열은 잊을 수 없다.

연구자들이 왜 자신이 보고 싶은 결과를 보려고 그렇게 노력하는지 알 것 같았다.

이래서 그렇게 끈질기게 매달리는 것을 알게 되었다.

"이제 곧 설날이네."

설날까지 얼마 남지 않았다.

재현은 이번에는 반드시 내려가기로 약속했기 때문에 돈도 악착같이 모았다.

엄마하고 누나한테 줄 돈도 마련해 놓은 상태다.

친인척하고 안 만나 본 지 꽤 오래됐다.

군대를 갔다 오고, 상경한 후 단 한 번도 만나 본 적이 없으니 꽤 오래됐다.

여기에 치이고 저기에 치이고.

취직이라는 명목하에, 취업 준비 전쟁을 위해 명절마저도 포기했던 재현이다.

지금은 어엿한 헌터가 되었기 때문에 그날을 생각하면 피식 웃음이 새어 나온다.

당시에는 나름대로 정신적 스트레스가 상당했던 것 같다.

마지막 명절 때 어떻게 지냈었는지 기억이 날 정도였으

니까. 약간의 회상에 젖어 있을 때, 운디네가 물었다.

"설날이 뭐야?"

아마 운디네는 설날이란 말을 처음 들었을 것이다.

재현은 이걸 어떻게 설명해야 할지 약간 생각했다.

썬더러는 그다지 궁금하지 않는지 신경 쓰지 않고 메타리엔의 볼을 잡아당기고 있었다.

메타리엔은 그 상황에서도 잘도 잠자고 있었다.

"한국에 최대 명절이 두 개가 있는데, 설날과 추석이야. 민족 대이동을 하는 날인데, 가족끼리 모여 인사하는 날이야. 또 조상님의 성묘를 가서 이번 한 해도 무사히 지낼 수 있게 해 달라고 빌기도 해."

운디네가 잘 이해했는지 바라보는 재현. 운디네는 밝게 웃더니 고개를 끄덕였다.

"응. 이해했어."

재현은 운디네의 머리를 쓰다듬으며 오늘 날짜를 확인한다.

설날까지 앞으로 일주일밖에 남지 않았다.

의뢰야 중요하긴 하지만, 이번 설날은 재현에게 우선시되는 일이다.

그는 오랜만에 가족을, 친인척을 만날 생각에 상당히 기분이 들뜬 상태였다.

다들 어떻게 지냈는지 궁금하기도 하고, 자신도 이제 잘 지내니 걱정하지 말라고 말하고 싶다.

헌터라고는 말하지 않았지만 헌터 양성소 취직한 것은 대기업, 현재 전망이 밝은 대기업에 취직한 것이나 다름이 없다.

재현도 나름 조사해 보니 경력이 얼마 되지 않은 사람이라도 능력이 뛰어나면 억대 연봉을 받을 수 있는 곳이었다.

오직 능력만으로 사람을 판단하는 곳이 헌터 양성소다.

재현은 의도치 않게 평범함 이상으로 가족에게 말한 것이긴 하지만…….

뭐 어떤가.

아들이 돈 잘 벌면 엄마도 좋고, 누나도 좋은 것일 텐데 말이다.

'좋아. 누나한테 레스토랑 운영비에 보탬이 될 돈을 설날에 다 주는 거야. 엄마한테도 섭섭지 않게 주고 말이야.'

이제 돈도 잘 버니 어린 조카 녀석들에게 돈을 주는 것도 한 가지 방법이다.

자신에게는 언제 이런 날이 올까 생각했는데…….

막상 이런 날이 오게 되니 들뜬 기분이다.

평소 돈에 대한 집념이 강한 재현이지만, 이런 일에 돈을 쓰는 건 미련을 두지 않는 성격이다.

돈을 좋아해도, 죽기 전까지 아꼈다가 무덤까지 가지고 갈 생각도 없다.

재현에게 돈이란, 많으면 좋고, 적으면 벌고, 벌 수 있으면 벌고, 쓸 수 있으면 쓰는 것.

그 이상 그 이하도 아니다.

구두쇠도 아니고, 써야 할 곳이 있으면 망설이지 않고 쓰는 게 재현이다.

오랜만에 친인척을 뵐 생각에 잔뜩 기합을 넣고 벌써 설 선물도 사 둔 상태다.

그렇게 기분 좋게 준비를 하고, 갈 준비도 완료되었다.

이제 설날만 기다리면 끝이다.

설날은 앞으로 나흘 남았다.

설 연휴가 시작되기 전 날에 내려갈 생각이다.

내일까지 숙소에서 지내다가 짐을 꾸리기 위해 집에 들렀다가 내려가기로 했다.

하지만 그의 설날 계획은 실현되지 못했다.

* * *

도로 한복판. 사람들의 시선들이 죄다 TV 모니터로 향하고 있었다.

전국으로 퍼지는 이번 방송은 모든 이들의 시선을 집중할 시킬 만한 일이었다.

모두 TV 전광판으로 향하는 이유는 뉴스 속보가 떴기 때문이다.

머리가 반쯤 벗겨진 그 사람은 현재 헌터 관리 위원부, 줄여서 헌관위라 불리는 기관의 장관 정현구다.

뉴스에 나올 때 항상 웃는 얼굴로 나오던 그가 이번에는 상당히 심각한 분위기를 하고 있었다.

기자들은 플래시를 터트리기 바빴다. 그가 드디어 입을 열었다.

[설악산의 몬스터 출몰에 대해 발표하겠습니다. 1월 초에 일어난 설악산 몬스터 출몰 사건으로 인해 강원도지사가 몬스터 토벌 의뢰를 요청했으며 이로 인해 작게나마 이슈가 되었습니다. 설악산에 대규모로 출몰한 몬스터 소탕을 위해 수많은 헌터들이 현재도 열심히 뛰고 있습니다.]

헌관위 장관은 심각하면서도 냉정한 표정을 지우지 않고 계속 연설을 이어서 한다.

[하지만 몬스터 집계를 하기 시작한 후, 그 수가 예상 범위를 한참 넘어서고 있습니다. 소탕하는 몬스터의 수에 비해 번식하는 속도가 훨씬 빠르게 진행되고 있는 것도 한 가지 요인이 되었습니다.]

TV를 보고 있던 사람들의 표정이 순식간에 굳어진다.

길거리를 지나던 헌터들도 전광판에서 눈을 떼지 못하고 헌관위 장관의 말을 경청하고 있다.

[한민족의 최대 명절인 설날을 앞두고 찬물을 끼얹어드려 죄송하다고 생각합니다. 하지만 이대로는 국가적인 위험에 처할 수 있기 때문에 불가피한 상황이라고 판단했습니다. 현재 모든 헌터에게 설악산으로 집결하라는 공지를 띄웠으며 그와 관련된 일을 하는 사원들의 휴가를 취소하고 소집을 했습니다.]

헌관위 장관에게 플래시가 다시 한 번 끊임없이 터지기 시작한다.

헌관위 장관은 잠시 말을 끊었다가 이어서 계속 연설을 시작했다.

[몬스터들이 모여서 세력을 형성하고 있는 것으로 확인되었습니다. 몬스터들이 어느 순간 서로를 공격하지 않고 오직 인간을 향해서 공격하고 있습니다.]

어느덧 TV를 보고 있던 사람들의 얼굴이 점점 심각해진다.

헌관위 장관이 하는 말을 들을 때마다 그 의미를 직감적으로 느끼고 있는 것이다.

[수많은 헌터들을 투입해 확인한 결과, 몬스터 준동의 징

후를 포착했습니다. 몬스터 준동 전 일어나는 징후들이 현재도 끊임없이 보고되고 있습니다. 해서…….]

결국 사람들이 직감했던 생각이, 애써 부정하고 있던 생각이 헌관위 장관의 입에서 나오고 말았다.

[현 시간 이후, 국가 재난 사태를 선포합니다. 헌터와 비전투 헌터들은 즉각 설악산 재난 본부로 집합하길 바라며 국민 여러분들께서는 강원도 인제군 부근의 출입을 자제해 주시기 바랍니다.]

그리고…….

웨에에에에엥~!

시끄러운 사이렌 소리가 도시 가득 퍼지기 시작한다.

*　　*　　*

[이번에도 오지 못한다고?]

"예, 어머니. 뉴스 보셨죠? 저도 설악산으로 투입이 결정됐거든요. 보급을 관리하다 보니 저도 투입돼야 한다고 하더라고요."

[그래, 뉴스는 봤다. 어쩔 수 없지. 국가 재난 사태까지 발령한 만큼 꽤 심각한 상황이겠지.]

"예, 어머니."

[후방이라고 안심하지 말고. 언제 어디서 몬스터들이 나타날지 모르니까. 몬스터가 눈앞에 나타나면 도움을 요청하고, 여의치 않으면 도망치도록 해라.]

어머니의 말에는 아들에 대한 걱정이 가득했다. 흡사 전쟁터에 나가는 아들을 걱정하는 것 같았다.

실제로 전쟁을 하는 것과 다를 바 없는 상황이니 크게 걱정하는 것도 이상하지 않다.

"예, 어머니. 저는 걱정하지 마세요. 그럼 들어가세요."

[그래, 아들. 나중에 전화해.]

"예."

그렇게 어머니와 짧은 통화를 마친 재현은 휴대폰을 주머니에 찔러 넣더니 하늘을 향해 우렁차게 욕을 했다.

"제에에에엔장!!"

재현은 등에 메고 있던 가방을 방에다 내던졌다.

가족들과 단란하게 지낼 수 있다는 생각에 싸두었던 귀경길 짐이 몬스터 소탕 짐으로 바뀌었기 때문이다.

그렇게 기대했던 설날이건만…….

그 빌어먹을 몬스터들 때문에 아예 날아가 버렸다.

재현이 이 소식을 안 것은 킵보이로 전송된 공지 사항 때문이었다.

몬스터 준동의 징후가 있으니 모든 헌터들은 지금 즉시

설악산으로 집합하라는 것.

그 덕분에 재현은 집에 가려던 차를 돌려 다시 설악산으로 향할 수밖에 없었다.

설악산 몬스터 소탕 의뢰는 취소되었다.

그간 사냥한 몬스터의 숫자는 모두 의미가 없게 되어 버렸다.

이에 대한 보상금은 나온다고 하지만 나와도 얼마나 나오겠는가.

그 의뢰를 수행한 헌터들의 수가 몇백 명이 넘는데. 개미 눈물만큼 보상금이랍시고 줄 게 뻔하다.

재현의 마음속에 억울함과 분노가 끓어올랐다.

어쩐지 자신이 속은 기분이 들었기 때문이다.

"후우, 진정하자. 화낸다고 달라질 것도 없으니까."

재현은 변하지 않는 상황을 인지하고 애써 마음을 달랬지만, 역시 쉽지 않다.

Chapter 05
국가 재난 사태

강원도 인제에 위치한 설악산은 수많은 인파가 몰려 인산인해를 이뤘다.

설악산에서 약 5킬로미터 정도 떨어진 위치에는 설악산 재난 본부가 설치되어 있있다.

그곳에는 헌터와 비전투원들도 있었으며 그 외에도 각국 기자나 장사를 할 사람들로 북적인다.

군부대에서 지원 온 것과 헌터 쪽에서 온 수많은 트럭의 뒤 칸에는 보급품이 한가득 실려 있었다.

근방에 있는 인접 군부대에서도 지원을 나왔다.

전차나 박격포, 총을 멘 군인들이 모여 있는 걸 보니

전쟁 상황을 방불케 했다.

솔직히 인제 근처에 사는 예비군들까지 동원 소집했으니 어쩌면 전쟁 상황이라 봐도 무관할 것이다.

참고로 재현도 헌터 무리 중 한 사람이었다.

헌터들은 예비군들보다 개개인이 뛰어난 전력이기 때문에 헌터 소집으로 평소처럼 옷을 입고 인근을 돌아다니고 있었다.

이곳에서 장사하는 사람들은 서로 좋은 물건이 있다고 소리치며 손님을 끌어모으기 바빴는데, 그들 모두가 나라에서 공식적으로 상행위를 허락받은 이들이었다.

간혹 몰래 들어와 장사하는 사람들도 있었지만, 요원들에게 걸리는 즉시 쫓겨나기 일쑤였다.

수많은 헌터들이 모인 이곳, 설악산. 현재 모여 있는 수는 약 삼천 명은 된 것 같다. 물론 아직 다 온 것은 아니다.

모든 헌터들을 소집했지만 개중에는 올 수 있는 사람도 있고, 사정에 따라서는 오지 못하는 사람도 있으니까.

온다고 해도 멀리 떨어진 곳에 사는 헌터라면 오는 게 늦을 수도 있다.

그렇기에 지금 모여 있는 헌터들에게 각자 임무를 주었다.

정찰조, 토벌조, 후방지원조, 예비조로 나뉘었다.

"그런데 난 후방에서 치료나 하라니……"

물론 못 할 건 없다. 물의 정령 운디네의 힘이라면 사람을 치료하는 게 가능하다.

재현은 그중 후방지원조였다.

각자 조에 편성된 이들은 서로 파티를 맺기 시작했다.

서로 알고 지냈던 이들도 있지만, 생판 모르는 사람끼리도 파티를 거리끼지 않고 맺었다.

다만 후방지원조에서 파티를 맺는 경우는 거의 드물었다.

후방지원조는 전투보다 부상자의 치료나 보급품을 옮기는 역할을 위주로 하는 것이기 때문이다.

후방지원조에 편성된 헌터들은 대부분 수습 헌터거나 치료 능력을 가진 이들로 편성되어 있다.

재현 같은 경우는 토벌조에 가도 되지만, 물의 정령사라는 기록밖에 없어 후방으로 가게 된 경우였다.

'하기야, 나처럼 능력을 여러 분야로 쓸 수 있는 사람은 스스로 말하지 않으면 전혀 모르겠지.'

정령사는 다른 속성의 정령과 계약하면 전투 능력이 극대화되는데, 최신화하지 않았으니 당연한 결과라 봐도 무관하다.

운디네는 공격보다 치료에 가장 유용한 정령이기 때문이다.

F~D급 몬스터라면 사냥도 수월하겠지만, 그 이상의 몬스터들은 운디네만으로 사냥하는 것에 상당한 무리가 있다.

최소 중급 정령이 되면 또 모를까.

아직도 초급 정령인 운디네니 어쩔 수 없는 일이다.

'어차피 토벌을 해도 자기 몫은 못 챙기겠지.'

몬스터 준동은 대규모의 몬스터들이 영역 밖으로 뻗어 나오는 걸 말한다.

자신들이 활동했던 영역에서 벗어나 인간들이 사는 도시로 진격한다.

심지어 서로 잡아먹고, 잡아먹히는 일상이던 녀석들이 연합을 해 버린다.

준동하는 기간에는 몬스터라는 큰 부류로 단합하는 것이다.

이로 인해 멸망한 나라도 있고, 멸망하지 않았더라도 심각한 피해를 받은 국가도 상당수 된다.

한국은 몬스터 준동이 일어난 적이 없어 타국보다 큰 피해를 입거나 한 적이 없는데, 이번에 그런 징후가 포착된 것이다.

나라의 존망이 걸린 문제가 될 수 있으니 더 큰 피해를 입기 전에 뿌리를 뽑는 것이 중요하다.

괜히 헌터들을 불러들이는 것이 아닌 것이다.

“자, 그럼 이제 각자 위치로 이동해 주시기 바랍니다.”

헌터들을 관리하는 요원의 안내 방송이 스피커를 통해 흘러나왔고, 재현은 안내 방송에 따라 이동을 시작했다.

*　*　*

임시로 설치된 간이 치료소는 컨테이너를 여러 개 붙인 곳이다. 컨테이너 곳곳에서 환자들의 신음 소리가 들려왔다.

아무래도 부상을 당한 헌터나 민간인이 있는 모양이다.

이곳은 헌터만이 아니라 민간인들도 같이 치료하는 곳이다.

B-3라고 적힌 컨테이너가 재현이 담당하게 될 곳이다.

재현은 컨테이너 안으로 들어갔다. 간이침대가 여러 개 있는 컨테이너 내부는 상당히 청결한 상태였다.

청결함을 유지해야 2차 감염을 막을 수 있기에 깔끔하게 청소한 것이다.

물론 환자들이 몰려오면 그마저도 못 할 수도 있지만 말이다.

재현이 컨테이너 안으로 들어오자 흰옷을 입고 있는 이들이 그를 반겼다.

그들은 재현을 보자 고개를 숙였다.

"안녕하세요?"

"예, 안녕하세요."

한동안 같이 일하게 될 이들이니 인사 정도는 했다. 중년의 남성은 이곳을 담당할 의사이고, 여성들도 몇몇 있었다.

간호사와 의료봉사를 온 이었다.

컨테이너 안에 있던 인원은 세 명이었다.

의사가 남자, 나머지 두 명은 여자다.

어린아이와 그 옆을 지키는 아주머니도 있지만, 환자와 보호자였다.

간호사는 의사와 같은 나이 대였다.

의사에게 여보라고 하는 걸 보니 부부인 모양이다.

어린아이의 팔목에 붕대를 두르고 있던 의사는 간단한 응급치료를 마쳤다.

보호자는 고개를 숙이며 감사의 인사를 하고, 밖으로 나갔다.

의사 부부와 옆을 지키던 젊은 여성은 그제야 재현이 온 것을 인식할 수 있었다.

의사의 나이는 대략 50대 중후반 정도로 보인다.

"반갑네. 이곳을 맡게 된 헌터인가?"

"예, 박재현이라고 합니다. 선생님."

"정종윤이라고 하네. 이 사람은 내 아내지."

"김이슬이라고 해요."

재현은 그들에게서 시선을 돌려 옆에 있는 여성을 바라보았다.

단발머리에, 흰색 가운을 입은 여성.

들어갈 곳은 들어가고, 나올 곳은 나왔다. 전체적으로 봤을 때 누구도 부정하지 못할 미인이었다.

무엇보다 왼쪽 입술 아래에 매력 점이 그녀의 외모를 한층 돋우는 것 같았다.

"허윤정이라고 해요. 이번에 의료봉사를 하러 왔어요."

"박재현이라고 합니다. 잘 부탁드립니다."

간단하게 모두와 통성명을 한 그들은 한곳에 앉아 있었다.

환자들을 수용할 수 있는 숫자는 열 명 정도 되는 컨테이너이다.

아직 전투가 활발히 시작되지 않아 누워 있는 환자는

없었다.

이곳은 비교적 여유로운 모습이다. 아무래도 입구에 가장 가까운 곳이 그나마 환자가 있던 모양이다.

만일 토벌 작전이 시작되면 그때부터 실려 들어오는 환자가 많아지리라.

"오자마자 미안하지만. 지금 딱히 할 일은 많지 않은데, 혹시 모르니 청소 좀 같이 해 주겠나? 청결은 꼭 필요하거든. 바닥이나 선반의 먼지 좀 닦아 주게. 나름 청소는 했지만 아직 구석까지는 못 했네."

"아, 그건 걱정하지 마세요."

재현은 운디네를 소환했다. 허공에 물방울이 생기며 운디네가 나타나자 다들 놀란 표정으로 그 광경을 바라본다.

"운디네. 이 컨테이너 안에 있는 바닥하고 먼지 좀 닦아 줄래? 구석구석 깨끗하게."

"응, 알겠어."

운디네는 고개를 끄덕이며 수분을 모으기 시작한다. 그리고 컨테이너 구석구석을 청소하기 시작한다.

간이침대는 깨끗한 상태이지만, 혹시 몰라 완전히 빨아 버리고, 수분을 흡수해 완전히 말렸다.

운디네는 보이지 않거나 걸레가 잘 닿지 않는 공간의

먼지까지 싹 빼냈다.

나름대로 깔끔하게 청소한 것 같지만 손이 닿지 않는 곳까지 청소하기에는 무리가 있었던 모양이다.

물이 어느새 검은색으로 변했다.

운디네는 먼지로 더러워진 물을 밖에다 내다 버렸다.

청소는 이걸로 끝이었다.

"다 됐어요."

"허, 허허."

의사 선생님은 기가 막힌 표정으로 이를 바라보았다. 그의 와이프와 윤정도 같은 표정이다.

그들의 손에는 어느새 걸레가 들려 있었다.

대략 한 시간 정도 잡고 대청소를 할 생각이었는데 단 몇 분 만에 청소를 해결해 버렸다.

주위의 모든 물건들이 번쩍번쩍하고 있었다.

심지어 바닥도 먼지 한 톨 남아 있지 않았다.

너무 번들번들해 미끄러져 넘어질 것만 같았다.

"대, 대단하군."

"뭘 이 정도로요. 다음부터 청소는 제게 맡기세요. 그 어떤 곳보다 청결하게 유지해 드릴게요."

아주머니와 윤정은 조금 허무한 듯 들고 있던 걸레를 내려놓았다.

열심히 청소하려고 나름대로 기합을 줬는데 재현이 죄다 끝내 버렸다.

힘들이지 않아 좋긴 하지만 그래도 그 허무감은 숨길 수 없었다.

"저기…… 한번 만져 봐도 될까요?"

재현은 운디네를 바라보았다.

이건 자신이 허락하는 게 아니라, 운디네 스스로 허락해야 하는 것이다.

운디네는 윤정에게 다가가다가 방긋 웃으며 그녀의 주위를 맴돌았다.

그녀는 착한 사람이라는 뜻이다.

운디네는 그녀의 앞에 멈춰 서고, 윤정은 조심스럽게 운디네의 머리를 쓰다듬었다.

촉촉하면서 시원한 감촉이 그녀의 손에 느껴지고 있을 것이다.

"신기하네요. 초능력으로 이런 생명체도 만들 수 있는 거예요?"

헌터가 아닌 데다 정령이란 존재를 처음 보았으니 그런 말을 하는 것도 당연하다. 재현은 고개를 저었다.

"운디네는 능력으로 만든 게 아니라 실제로 존재하는 생명체예요. 주변에도 운디네와 같은 정령들이 많이 있어요. 다만 정령력이나 자연 친화력이 없거나 부족하면 보이지 않을 뿐이죠.”

“정령이요? 허구 속에 존재하는?”

“허구가 아니라 실제로 존재하는 거지만요.”

이런 반응을 보이는 것도 이해한다.

사실 허구로 알고 있지만 실제로 존재한다는 걸 재현도 운디네와 계약을 하고 알았으니까.

“아, 그리고 저는 초능력이 아니라 정령을 다루는 헌터예요. 정령과 계약한 이를 가리켜 정령사라고 부르죠.”

윤정은 몇 번이고 신기한 듯 운디네를 바라보며 머리를 쓰다듬는다.

귀여운 얼굴을 가지고 있어 꼭 끌어안고 싶은 충동도 있겠지만, 재현의 앞이라서 참는 것 같다.

“치료도 운디네가 도와줄 거예요. 운디네는 치료를 하는 것에도 특화된 물의 정령이거든요.”

“아, 그럼 혹시 다른 정령들도 있는 건가요? 혹시 실례가 안 된다면…….”

재현이 피식 웃었다.

그녀가 말을 흐렸지만 대충 무슨 말을 하고 싶은 건지 알았기 때문이다.

일반인이 보기에는 아마 이게 신기한 일일 것이다.

정령사의 수도 많지 않으니 정령사를 못 본 헌터도 꽤 있다.

헌터가 싸우는 걸 목격하는 경우도 거의 없으니 일반인이 소환된 정령을 볼 확률은 드물다고 볼 수 있다.

"못 할 건 없죠."

기왕 하는 김에 재현은 메타리엔과 썬더러도 소환했다. 각자 색이 다르고 생김새도 달랐지만, 다들 나름대로의 귀여움이 묻어나와 있었다.

메타리엔은 소환되자마자 그의 머리 위에서 잠을 자고 있었지만 말이다.

썬더러는 재현의 어깨에 앉아 윤정을 바라보고 있었다.

"어깨에 앉은 애가 번개의 정령 썬더러, 머리 위에서 자고 있는 애가 금속의 정령 메타리엔이에요."

썬더러는 팔을 번쩍 들며 활기차게 웃었다.

메타리엔은 그의 머리 위에서 눈을 감은 채로 잠깐 손을 들었다가 내리며 다시 잠에 빠진다.

윤정은 다른 정령들도 바라보며 신기한 듯 눈을 떼지 못하고 있었다.

*　　*　　*

진료소는 컨테이너로 만들어져 있지만, 방이 따로 마련되어 있다.

의료 봉사자들은 여러 명씩 지내는 다른 곳에 마련되어 있지만, 헌터는 방을 배치해 주었다.

후방에 빠졌다고 해도 헌터라고 대우는 해 주는 모양이다.

사실 이 방이 만들어진 목적은 간밤에 환자들이 무슨 일이 일어났을 때 즉시 대처할 수 있도록 하기 위함이다.

다만 사실 여기서 한 가지 더 다른 목적도 있다.

진료소로 몬스터들이 쳐들어올 수도 있으니 환자들이 다 빠져나갈 때까지 지키는 용도다.

이를 아는 사람들은 극히 드물며 헌터 관련된 일에 인맥이 거의 없는 재현은 당연히 그 사실을 모르고 있다.

어쨌거나. 재현은 이 사태가 끝날 동안 쓸 자신의 방을 둘러본다.

TV와 냉장고, 수납장, 옷장도 있었다.

"어째 고시원에 다시 들어온 기분이네."

다만 조금 다르다면 방 안에 냉장고와 TV가 마련되어 있다는 것뿐이다. 방 크기는 혼자서 지낼 정도의 공간뿐이다.

들어와 보고 느낀 게 딱 고시원에 다시 들어온 기분이다.

재현은 미리 챙겨 둔 옷들을 잘 개어 옷장에 정리한다.

콘센트에 충전기를 꽂아 휴대폰을 충전시키고 바람을 쐴 겸 밖으로 나왔다.

의료품도 정리했고, 청소도 더 이상 할 필요도 없었다. 더군다나 환자들은 아직 오지 않았다.

밖을 나오니 멀리서 총성이 울려 퍼지고 있었다.

군인들도 투입했다고 하는데 그 군인들이 F~E급 몬스터를 소탕하고 있는 모양이다.

입구와 가까운 진료소에 환자들이 간혹 찾아오긴 하지만, 아직 이곳까지 사람들이 오지 않고 있었다.

이 진료소가 특별히 사람이 안 찾는 게 아니라 다른 곳들도 자신처럼 노는 곳이 많을 것이다.

아직 다친 헌터들의 수가 많지 않을 뿐이다.

"담배를 피우시려면 흡연 장소가 따로 있으니까 그곳에서 피우세요. 진료소 안으로 담배 냄새가 퍼지는 것도 곤란하니까요."

잠깐 바람을 쐬고 있다가 윤정이 밖으로 나왔다.

그녀는 재현이 담배를 피우려고 나온 건 줄 알았던 모양이다.

재현은 피식 웃으며 대답해 주었다.

"전 비흡연자입니다. 잠깐 바람 좀 쐬려고 나온 거예요."

"아, 죄송해요."

"아뇨, 그럴 수도 있죠. 너무 신경 쓰지 마세요. 누가 봐도 그렇게 생각했을 수도 있으니까요."

재현은 그녀가 곤란하지 않게 대답해 주고 방긋 미소를 짓는다. 윤정은 멋쩍게 웃으며 그의 옆에 앉았다.

뭔가 할 말이라도 있는 것 같다. 아니나 다를까, 그녀는 바로 물어보았다.

"재현 씨는 언제부터 헌터가 되신 거예요?"

처음 봤을 때부터 대충 눈치는 챘는데, 윤정은 말이 많고, 궁금한 것은 못 참는 성격이다.

정령들과 대화하는 것을 제외하고 말을 많이 하는 편이 아닌 재현과는 반대다.

그녀의 목소리는 단순히 호기심이었다. 그것이 전부다.

어떻게 보면 그것이 사람의 입을 나불거리게 만드는 힘일 수도 있겠다.

거기다 어차피 딱히 말 안 하면 안 되는 비밀도 아니기에 대답해 주지 못할 이유도 없었다.

장시간 봉사할 생각이라고 하니 오랫동안 서로 마주치며 지내야 한다. 서로 알아서 나쁠 건 없었다.

"몇 달 안 됐어요. 이제 세 달 가까이? 초급 헌터도 한두 달 전에 됐고."

"대단하세요. 저는 헌터들을 동경하거든요. 불을 내뿜는다거나, 하늘을 난다거나. 굉장하잖아요."

확실히 일반인들에게는 아무런 장치 없이 오직 능력만으로 불을 내뿜고 하늘을 나는 건 동경할 만한 것이리라.

재현도 헌터들이 싸우는 걸 TV로 보고 멋있다고 생각했던 시절이 있었으니까.

"또 자신의 능력을 끌어올려 위기에 처한 사람들도 구해 주고 말이에요."

"……."

헌터들이라고 다 그런 건 아니라고 목까지 차고 올라왔지만 그 말을 다시 삼켰다.

사람을 구하는 헌터들도 있지만, 오히려 위기에 빠뜨리는 블랙 헌터들도 있으니 말이다.

물론 그 수가 적다 하더라도 헌터가 생긴 이래로 신종범죄도 심심찮게 일어나기도 한다.

헌터에 대한 실상을 알게 되면 엄청나게 실망할 테니, 그 말은 그녀 앞에서 하지 않기로 한다.

"그건 헌터마다 달라요."

"그건 저도 알아요. 물론 좋지 않을 일을 하는 헌터들도 있지만, 그 수는 적잖아요. 소수의 사람이 일으킨 것 때문에 전체가 욕을 먹기도 하지만, 사실 모두가 그런 것도 아니잖아요."

이렇게까지 말하는 사람은 처음 봤기 때문인지 재현은 의외라는 듯 그녀를 바라보았다. 헌터를 좋아하는 사람들보다 싫어하는 사람들이 많다.

이유는 여러 가지다.

몇 시간만 사냥해서 돈을 몇백씩 번다느니, 자기 힘을 자랑하고 다니고 기고만장하다느니 등등.

얼마나 위험한지 겪어 보지도 않고, 생각하지도 않고 일단 까고 보는 게 사람의 심리다.

자기의 부족한 것이 마치 그 헌터들은 가지고 있는 것처럼 느껴진 열등감.

자기는 꽤 고되게 노동하여 한 달에 몇백만 원을 버는데, 그들은 몇 시간 사냥으로 그 정도 번다.

그 과정이 죽음과도 크게 연관되어 있다는 건 잘 모르면서 엄청 쉽게 돈을 번다고 멋대로 판단하는 이들도 적지 않았다.

그들이 직접 헌터가 되면 그 말이 쏙 들어가겠지만, 그럴 일도 없으니 일단 까고 보는 것이다.

그래 봐야 다들 익숙하니 그냥 흘려듣거나 상종하지 않는다.

재현도 헌터가 되기 전 헌터들을 험담하는 사람들을 심

심찮게 봤다.

굳이 자신이 헌터라는 걸 드러내지 않는 것도 그런 과정에서 비롯된 것일지도 모른다.

말해 봐야 좋을 것도 없고, 이득도 없으니까.

허나 윤정은 그런 사람들과 전혀 다르니 의아할 수밖에 없었다. 재현은 오히려 그녀에게 물어보았다.

"윤정 씨는 어째서 헌터를 동경하는 거예요?"

"아, 그게 말이죠."

그녀는 갑자기 얼굴을 붉히더니 머리를 긁적이며 어린아이처럼 웃는다.

"8년 전에 산에 놀러 갔다가 몬스터가 갑자기 출몰해 죽을 뻔했던 적이 있었거든요."

윤정은 말을 이으며 예전에 있던 일을 말해 주기 시작했다.

수능이 끝나고 윤정은 친구들과 함께 산으로 놀러 갔던 얘기부터였다. 즐겁게 놀며 숙소에서 고기도 구워 먹고, 마침 눈도 와 눈싸움도 했다.

수능이 끝나고 원하던 대학교까지 다 합격하니 다들 긴장감이 풀려 그때는 힘든 것을 모두 잊고 모든 게 재밌었다고 한다.

하지만 그들의 즐거움은 얼마 가지 않았다.

전혀 의도치 않은 상황을 마주했기 때문이다.

몬스터들이 없던 산에서 갑작스럽게 몬스터가 공간을 찢으며 출몰해 버린 것이다.

그들이 머물던 숙소는 순식간에 몬스터들에게 둘러싸였고, 비명 소리가 난무하기 시작했다.

몬스터가 없고, 출몰 징후가 전혀 없던 곳에서 갑자기 출몰하여 습격에 대비하지도 못한 것이다.

그녀와 친구들은 숙소의 문을 걸어 잠그고 이불을 뒤집어쓴 채로 벌벌 떨었다.

그게 얼마나 무식한 행동이었는지 지금은 아주 잘 알고 있기에 그녀의 입에서 피식 웃음이 흘러나왔다.

참고로 몬스터들은 방문을 잠근다 하더라도 어지간한 문들은 다 뚫을 수 있다.

이빨로 물어뜯거나, 몸통박치기로 부수거나. 어지간히 튼튼한 문이 아니라면 차라리 안전한 곳으로 도망치는 게 정답이다.

아니나 다를까, 몬스터들은 문을 찢어발기며 난입하려고 했다.

"그때 저와 친구들은 잔뜩 얼어서 비명도 못 지르고 있었어요. 그저 몬스터가 제발 변덕을 부려 그냥 가길 속으로 기도했죠. 하지만 몬스터는 우리를 덮치려 했고, 마침 그때 우릴 구해 줄 헌터가 나타났어요. 그 사람은 우릴 구해 주고, 도망갈 때까지 시간을 벌어 줬죠.”

윤정에게 그 헌터는 위기에 처했을 때 등장한 영웅과도 같았을 것이다. 듣다 보니 왠지 박진감이 넘쳤다.

“그렇구나…… 그래서 어떻게 됐는데요?”

“저희는 도망치고 바로 경찰에 신고했어요. 나중에 증언하려고 갔을 때 그 헌터 덕분에 피해가 줄어들었다는 얘기를 들었죠. 그 헌터는 곧장 입원하긴 했는데 다행히 며칠만 입원하면 된다고 하더라고요. 단지 얼굴에 큰 흉터가 났더라고요. 안 그래도 인상이 강한 사람이었는데, 흉터 때문에 더 그렇게 보이게 됐죠.”

근접에서 싸우는 헌터들 중 상처 하나 없는 사람은 드물다.

아무리 포션을 많이 가지고 다녀도 전투 중일 때는 사용하기 힘들 테니까.

일이 모두 끝난 후에 사용하니 흉터가 일부 남게 되는 경우도 적잖게 있다.

“예. 병원에 면회 갔을 때 감사 인사를 하러 갔더니 헌터로서 당연한 일이라고 하더라고요. 당시에 헌터를 안 좋게 생각했는데 그 사람 덕분에 좋게 생각하게 됐죠.”

그 사람이 누군지 모르지만 정말 의협심이 투철한 사람

이었던 모양이다.

헌터는 민간인이 위험할 때 나서서 구조하는 게 원칙이긴 하지만, 어지간해서는 다 피해 다닌다.

그렇게 했다가 자신이 죽으면 손해니까.

재현이라도 특별한 경우가 아니면 그렇게까지 했을까란 생각이 들었다.

* * *

"푸엣취!"

정우가 재채기를 했다. 해리슨은 펜으로 머리를 긁으며 그를 바라보았다.

"감기신가요?"

"아무래도 어제 새벽까지 밖에서 대기해서 그런 모양인데."

정우는 코를 훌쩍이며 휴지로 흐른 콧물을 닦아 내었다.

오늘 자고 일어나서부터 감기 기운이 도는 것 같더니 맞았던 모양이다.

혹시 몰라 감기약을 가지고 왔는데, 잘한 일이었다.

"그나저나 이번에 사태가 심각하긴 한 모양이네요. 직

원들의 대다수가 재난 본부 쪽으로 파견 나간 걸 보면요."

그들은 헌터 양성소에 남아 업무를 보고 있었다.

항상 사람들로 넘쳐나던 헌터 양성소는 직원들이 거의 다 파견을 나가 한산하기 그지없었다.

의뢰를 위해 찾아왔던 헌터들 속속들이 설악산으로 동원되고 있었다. 다만 문제라면 업무량이 늘어났다는 것이다.

아무리 초인적인 힘을 가지고 있는 전직 중급 헌터라도 살인적이라고 할 수 있는 업무량을 하는 건 상당히 무리가 있다.

직원들의 수가 부족하니 업무량이 늘어나는 건 어쩔 수 없다고 하지만, 이런 경우는 처음이기 때문에 남아 있는 직원들의 얼굴은 초췌했다.

정우는 남들보다 정신력이 뛰어난 덕에 한결 낫다고 하지만, 그의 얼굴도 초췌하게 변했다는 건 업무가 얼마나 많은지 짐작하고도 남는다.

"이럴 줄 알았으면 그냥 갈 걸 후회하고 계시나요?"

"솔직히 남아서 이렇게 힘들다는 걸 알았다면 내가 간다고 앞장섰을 거다."

그 명분도 충분하다. 전직 중급 헌터이니 위급한 상황이 될 때 자신이 시간을 벌 수 있다는 걸로 말이다.

물론 거기 간다고 해도 아주 편하다고는 할 수 없겠지만, 여기보다 덜 힘든 것은 사실일 것이다.

"그래도 무리하면 안 돼요."

"그래, 퇴물은 나서지 말라 이거지? 에이, 그간 했던 일들은 다 헛수고였군."

장난식으로 말하는 그의 말을 듣고 해리슨이 하하 웃는다. 한국에 10년이 넘도록 거주했어도 미국인 특유의 오버하며 웃는 건 여전했다.

*　　*　　*

"환자들이 늘어나고 있다. 얼른 움직여!"

정찰과 토벌을 강행한 이튿날, 수많은 환자들이 진료소에 실려 들어오기 시작했다.

작은 부상부터 큰 부상을 입은 이들이 들것에 실려 진료소에 족족 도착한다.

진료소에서 할 수 없는 치료 같은 경우 바로 인근 대병원으로 실려 갔다.

부상자들은 재현이 맡은 진료소까지 몰려왔다.

"이런. 마취제가 필요하네. 갖다 주시게."

"예!"

윤정이 바쁘게 움직이며 마취제를 가져다주었다.

어제 대화하면서 알게 된 것인데, 그녀는 의과 대학에 다니고 있었다.

재현은 작은 부상을 입은 이들에게 치료수를 나눠주고 쉼터로 보냈다.

치료수는 작은 상처를 치료하는데 그리 많은 시간을 투자하지 않아도 됐기 때문이다.

굳이 소독이나 연고를 바를 것도 없이 마시기만 하면 가벼운 상처는 몇 시간, 약간 큰 상처도 이튿날이면 완전히 상처가 아문다.

재현의 선에서 해결할 수 있는 사람들도 꽤 됐다.

헌터들도 치료수가 무엇인지 알고 있는 모양인지 감사하다며 인사하고 진료소를 나갔다. 물론 아는 사람이 있으면 모르는 사람도 있기 마련이다.

헌터들은 물의 정령사가 물을 건네고 돌려보내기에 치료수라는 걸 단번에 눈치챘지만, 군인들은 그걸 전혀 몰랐다.

고작 물을 주고 돌려보내는 게 어디 있냐며 항의하는 게 부지기수였다.

그럴 때는 치료수의 효과를 잘 알고 있는 헌터들이 끌고 나가 주었다.

포션처럼 좋은 거니까 아무 말 말고 마시고서 회복하라면서.

그런 사람들이 있을 때마다 포션을 써서 당장 돌려보내고 싶은 마음이 굴뚝같았다.

포션은 그리 많이 보급해 주지 않았다. 가격이 비싸다는 게 이유일 것이다.

정말 위기인 사람에게 쓰라고 고작 몇 개만 보급해 주고 끝이었다.

그렇다고 재현이 가지고 있는 포션을 쓸 수도 없는 노릇이다.

사람들이 몰려오는 수가 늘어나니 진료소가 붐비기 시작했다. 혼자 온 사람도 있는 반면 동료들과 함께 온 사람도 오기 부지기수였다.

환자만 들여보내고, 보호자들은 밖에 앉아서 대기해 달라고 한 후, 다시 진료가 원활히 진행되었다.

몇 시간 동안 전쟁을 치르고서 점심시간이 한참 지났을 때쯤에야 간신히 사람들의 수가 줄어들었다.

"여기 식사 드세요."

윤정이 식사를 가지고 들어왔다. 늦은 점심 식사였다.

아니, 아침도 안 먹었고, 저녁 식사 시간도 다 되어가니 아점저(아침, 점심, 저녁)를 동시에 해결하는 것 같다.

다행히 식당에서 밥을 많이 얻어 온 덕분에 풍족하게 먹을 수 있을 것 같았다.

"첫날인데 사람이 꽤 많이 몰려오는군."

"작은 상처부터 큰 상처까지. 어휴, 첫날부터 이렇게 몰려올 줄 전혀 몰랐어요."

다들 지친 표정으로 한숨을 내쉬며 식사를 시작했다.

재현은 배가 많이 고프긴 했던 모양인지 밥을 흡입하듯 먹었다.

"그래도 재현 군 덕분에 살았어. 환자들을 치료하는데 어지간한 상처들은 재현 군이 다 치료해 주니 말이야."

의사 선생님은 치료수의 효과가 얼마나 뛰어난지 잘 알고 있다.

의사로서 사용해 본 적이 있기에 잘 알았다.

물의 정령사들만이 만들 수 있기 때문에 치료수는 꽤 희귀하며 상당한 가치가 있었다.

포션보다 가격이 낮다고 하더라도 꽤 가치 있는 것이 치료수다.

포션은 순식간에 상처를 치료해 주지만 살이 순식간에 생성되는 것이 매우 고통스럽다.

또한 체질에 맞지 않는 사람들은 두드러기가 나기도 했다.

하지만 치료수는 전혀 다르다.

일단 물이기에 두드러기가 나는 사람이 없다.

포션보다 시간이 오래 걸릴지라도 일반적으로 상처가 아무는 속도를 올려 준다.

무엇보다 고통스럽지 않다.

어지간히도 큰 상처가 아니면 하룻밤 사이에 낫게 해 줄 수 있기 때문에 여러모로 쓸모가 많은 것이다.

그 비싼 치료수를 계속 만들어 환자들에게 공급해 준다.

그 덕분에 환자들이 많이 와도 오는 즉시 무슨 증상인지 전해 듣고 치료수만 주고 돌려보낼 수 있었다.

여기서 가장 힘든 것은 재현이었을 것이다. 의사 선생님은 몰려오는 환자들 중 제대로 치료한 사람이 몇 없다.

그 흔한 연고도 거의 써 보지 않았고, 붕대만 감아주고 끝냈을 뿐이다.

재현은 치료수를 만든다고 힘을 사용했기 때문에 아마 정신적으로 꽤 피로한 상태가 아닐까 싶었다.

그는 가장 빨리 식사를 마치고 자리에서 일어나 다시 치료수를 만들기 위해 운디네를 소환했다.

"재현 군. 이제 그만 쉬어도 좋네. 지금부터 오는 환자들은 내가 다 진료할 테니까."

의사로서 자신보다 그가 더 많은 진료를 봤기 때문에 미안한 감정이 있었다. 원래 헌터는 옆에서 보조하는 입장이다. 물건을 갖다 주거나, 뒷정리를 해 주거나.

"걱정 마세요. 끄떡없으니까요. 일단 치료수를 충분히 만들고 쉴게요. 다음에 오는 환자들도 어지간하면 치료수를 주고 끝낼 수 있잖아요."

그 말에 의사 선생님이 감사하다며 인사를 했다. 치료수를 아무런 대가 없이 무상으로 만들어 주고 공급하겠다고 하니 얼마나 감사한가.

세상에 이런 사람도 많지 않았다. 헌터들은 자신의 능력을 발휘하면 힘이 든다고 한다.

자신이 힘을 들이면서까지 남을 돕기 위해 이렇게 발벗고 나서주는 게 얼마나 감사하단 말인가.

'요즘 세상에는 보기 드문 청년이지.'

남을 도와주면 손해라는 말이 인터넷에 나돌 정도니 말은 다한 셈이다. 의사 선생님도 본인이 재현과 같은 능력이 있었다면 똑같이 할 거라는 생각이 전혀 안 들었다.

사람이 착한 걸 수도 있지만, 이럴 때는 남을 돕는 것에 최선을 다한다고 생각하는 게 옳을 것이다.

'고작 치료수를 만드는 걸로 왜 저렇게까지 바라보는 거지?'

물론 이는 재현이 치료수가 얼마나 가치가 있는지 전혀 몰라서였다.

포션이 있으니까 치료수는 돈도 안 되겠지 생각하고 팔 생각도 안 해 본 재현이다.

만일 치료수를 파는 게 꽤 돈이 된다는 걸 알았더라면, 아마 그는 사냥이 아니라 물장사(?)를 하고 있었을 것이다.

Chapter 06

몬스터 준동 I

몬스터 준동이 일어나는 원인은 아직도 원인불명이다.

몬스터들이 먹을 게 부족해져 결국 종족에 얽매이지 않고 연합하여 인간을 공격한다고도 하고, 혹자는 자신들의 영역을 넓히기 위해서라고도 말한다.

정확한 원인이나 이유는 모르지만 가장 신빙성 있는 것이 그 두 가지 가능성이다.

몬스터 준동은 약간의 준비 기간이 있는데, 그 기간은 확실하게 정해진 기간이 없었다.

다만 여러 나라들의 사례로 징후가 포착되고 약 2주 정도에 일어났다.

그만큼 녀석들도 길게 시간을 갖다가 일제히 몰아치는 것 같았다.

몬스터 준동의 징후는 모든 나라에서 공통적인 현상으로 나타난다.

첫 번째, 몬스터들이 서로를 안 잡아먹는다.

몬스터들에게도 먹이사슬이 존재한다. 그 먹이사슬이 효과가 없어지는 유일한 상황이 바로 몬스터 준동의 징후다.

두 번째, 몬스터들의 행동이 조심해진다.

인간을 보는 즉시 달려들던 몬스터들이 몸을 사리기 시작하는 것이다. 최대한 전력을 보충하려는 것과 엇비슷하다.

마지막으로 세 번째.

야행성 몬스터들이 낮에도 활발히 활동을 시작한다.

만일 이런 징후를 전부 포착하면 몬스터 준동의 시작되기 전이라는 의미다. 헌관위에서도 이런 징후를 포착하고서 국가 재난 사태를 선포한 것이 틀림없다.

그렇다면 몬스터 준동을 막기 위해서는 방법이 없을까?

아니다, 무려 두 가지 방법이 있다.

첫 번째, 몬스터 연합의 우두머리를 잡는 것이다.

몬스터들은 인간들처럼 누군가를 선별하는 게 아니라

가장 강력한 녀석을 우두머리로 세운다.

우두머리가 된 녀석은 몬스터들에게 공격 신호를 보내고, 몬스터들은 일제히 민가와 도시를 향해 진격한다.

몬스터들이 진격하기 시작하면 대규모 피해는 불가피하기 때문에 신호가 떨어지기 전 우두머리를 죽여 지휘할 녀석을 없애버리는 것이다.

준동이 시작된다 하더라도 우두머리만 잡으면 나머지는 다 오합지졸이 되고 만다. 녀석들의 지휘 체계가 무너지니 그때부터는 일방적인 사냥을 할 수 있게 된다.

두 번째, 몬스터들을 완전히 괴멸시키는 방법이다.

우두머리를 찾는 것이 가장 힘들기 때문에 아예 괴멸시키는 것이 현명하다는 게 정론이다.

무작위로 아무 지역에 몬스터들이 나타날 수 있지만, 준동이 일어나는 것보다 피해는 덜하기 때문이다.

운이 좋으면 사람들의 인적이 드문 곳에 나타날 수도 있으니 가장 현실적인 방안이다.

그렇기 때문에 몬스터 준동이 시작하기 전, 군인과 토벌조는 설악산을 포위하며 천천히 진격해 올라갔다.

보이는 몬스터들은 족족 잡아내고 진격을 멈추지 않았다. 일단 수를 줄여 놓는 게 가장 좋은 방법이다.

우두머리를 발견하지 못했을 상황도 있기 때문에 미리

몬스터의 수를 줄여 놓고 있는 것이다.

정찰조는 몬스터를 소탕하기보다 우두머리를 찾는 것에 주력하는 쪽이다.

가장 실력이 좋은 헌터와 추적을 하는 능력을 사용하는 헌터들로 선별된 것도 다 그 이유다.

우두머리를 찾아 소탕하면 나머지는 오합지졸로 변하기 때문에 토벌하는 건 어렵지 않게 된다.

이미 미국이나 러시아, 중국 등 몬스터 준동이 일어난 나라에서 시험해서 성공한 사례가 있으니 성공에 대한 확신은 의심하지 않아도 된다.

어떻게 대처하고 처신하는지에 따라 성공 여부가 달라질 뿐이다.

다만 그것과는 달리 후방에서 진료소나 지키는 재현에겐 신경 쓰지 않아도 될 문제였다.

"어이구, 많이도 다치셨네. 일단 치료수 받으시고요, 소독해 드릴 테니 얼른 대병원에 가서 상처를 꿰매세요."

준동의 징후가 포착되고 토벌이 시작된 지 일주일.

재현은 어느 정도 상처에 대해 어떻게 처신해야 할지 알게 되었다.

일단 소독약 뚜껑을 열어 상처 부위에 살살 문질러 주었다.

꿰매지 않으면 아무리 치료수라도 흉터가 안 남게 치료해 주기는 불가능하다.

일단 최대한 상처가 남지 않도록 해 주는 것이 어느덧 재현의 일이 되었다. 그리고 또 한 가지.

사람들이 많이 오가기 때문에 내부를 청소해도 더러워질 수밖에 없기 때문에 청소도 그의 몫이었다.

"운디네, 청소를 부탁해도 될까?"

"알았어."

물론 운디네가 해 주는 거지만, 그 청소하는 힘도 다 자신의 정령력이다.

아주머니는 자신의 남편을 도와주고, 윤정은 어느덧 재현을 돕기 시작했다.

약품이 부족해지면 즉시 상자에서 꺼내 주었다. 그리고 붕대도 가지고 왔다.

가지고 온 붕대가 다 떨어져서 보급품을 받는 곳에서 서둘러 얻어 오기도 했다. 하지만 새벽이 되면 언제 환자들이 몰려오기라도 했냐는 듯 싹 사라졌다.

야간이 가장 위험하기 때문에 진격한 곳까지 간 후, 멈춰 서서 바리케이드를 설치하고 그대로 멈춰 섰다가 이튿날 다시 진격했다.

괴수용 지뢰, 크레모어, 그 외 각종 함정을 설치한 덕분에 야행성 몬스터들에게서도 별다른 피해를 입지 않게 되었다.

설악산에 야행성 몬스터가 적어서 피해가 덜 생기는 것도 크게 한몫을 하고 있었다.

저녁이 되어 이제 어느 정도 여유가 생기자, 재현은 이마에 흐르는 땀을 닦아 내며 물을 마셨다.

그리고 어질러진 약품들을 정리하기 시작했다. 빈 병들은 따로 모아 재활용 통에 버리기로 한다.

정리를 하던 그는 문득 물병 옆에 있는 빵에 시선이 닿았다.

빵은 몇 입 베어 문 채 그대로 굳어져 있었다. 아침에 틈이 있을 때마다 재현이 먹던 것이다.

하나를 다 먹기 힘들 정도로 계속 몰려왔다. 아침에 봉지를 뜯었는데 지금까지 다 먹질 못했다.

그의 배에서 밥 달라고 아우성을 치고 있었다.

그냥 이 빵이라도 마저 먹을까 생각하고 있던 찰나였다. 때마침 윤정이 식사를 가지고 왔다.

"어머? 다 끝났나 봐요?"

"예. 아, 의사 선생님과 아주머니는 밖에서 따로 먹고 온다고 했어요."

"식당에 가는 길에 만나면서 들었어요."

재현은 고개를 끄덕이며 자신의 앞에 놓인 식사에 집중했다.

이번에는 부대찌개였다. 역시나 공깃밥을 잔뜩 챙겨 오는 것도 잊지 않았다.

비닐 랩을 걷어내고 부대찌개에 밥을 말아 먹으니 감탄이 나왔다.

윤정이 그의 앞에 의자를 끌고 와 다소곳이 앉았다.

그녀는 재현의 정령들에게 시선을 향하고 있었다.

그의 머리 위에서 여전히 고롱고롱 코를 골며 자고 있는 메타리엔과 사이좋게 놀고 있는 운디네와 썬더러.

그러고 보니 윤정은 운디네가 식사하는 경우를 본 적이 없었다.

"그런데 정령들은 뭘 먹나요?"

재현은 한 숟가락 크게 떠먹다 말고 그녀를 바라보았다.

솔직히 정령에 대해 모르니 그런 질문도 이상하지 않았다. 재현은 굳이 어려운 질문도 아니라 흔쾌히 대답해 주었다.

"음식은 먹을 수 있는데 굳이 먹지 않아도 돼요. 음식으로 영양분을 섭취하는 종족이 아니거든요."

"그럼 뭐로 영양분을 섭취해요?"

"자연의 정기를 섭취한다고 예전에 들은 적이 있어요.

자연의 정기는 어디에든 다 있다고 하니까 그걸 흡수하면 된다고 해요. 메타리엔도 눈은 감고 있지만 필요하면 자연의 정기를 흡수하고 있을지도 모르죠."

어떻게 흡수하는지 재현은 아직도 모른다.

하루 종일 소환해도 활발하게 움직이는 걸 보면 인간이 숨을 쉬는 것처럼 자연스럽게 하는 것일지도 모른다.

"신기하네요. 음식을 먹지 않아도 된다니."

"저도 처음에 운디네에게 설명을 듣고 꽤 신기해했죠."

자신도 그런 때가 있었지, 라며 그때를 회상해 보았다.

그 질문을 한 게 운디네와 계약을 한 지 첫날에 있던 일인 것 같다. 운디네에게 정령은 어떻게 먹고 사는지 물어봤을 때 대답이었다.

재현과 윤정은 서로 대화를 하면서 음식을 먹었다. 하루 종일 하는 말이라고는 붕대 갖다 주세요, 소독약이 부족해요, 치료수 좀 떠다 주세요가 전부다.

환자가 많아 말하는 것도 그게 다였다. 하지만 환자들이 없으면 이렇게 대화를 하고는 했다.

원래 말이 많고, 궁금한 건 못 참는 윤정이기에 재현에게 궁금한 건 죄다 물어보았다.

헌터가 될 생각은 없지만, 관심이 많았다. 헌터를 다시 돌아보게 되는 계기 덕분에 헌터들을 신뢰하고 있다는 것 같다.

너무 신뢰하는 것도 문제지만, 사람을 가릴 줄 아는 것 같으니 크게 걱정은 되지 않았다.

그렇게 한동안 즐겁게 대화하다 보니 어느덧 10시 가까이 되어 버렸다.

의사 선생님과 아주머니는…… 식사하러 간다 해 놓고 바로 퇴근한 모양이다. 집도 근처라고 했으니 그들은 출퇴근으로 진료소에 오고 있었다.

"재현 씨, 그럼 전 이만 가 볼게요. 슬슬 피곤한 것 같아서요."

"제가 오래 붙잡아 둔 것 같네요. 내일 또 봬요. 윤정 씨."

윤정이 빙긋 미소를 지으며 숙소로 돌아간다.

재현은 아직 정리가 덜 된 곳을 치우고, 마지막으로 컨테이너를 싹 청소한 후, 방 안으로 들어왔다.

그는 침대에 누워 천장을 바라보며 생각한다.

'여자랑 이렇게 즐겁게 대화하는 것도 오래만이로군.'

어쩐지 윤정하고 대화를 하고 있으면 마음이 편해진다고 할까. 긴장감 가득했던 낮과는 사뭇 다르다. 이야기 코드도 잘 맞아 대화하는 게 즐거웠다.

"음, 이제 너희들하고 대화해 볼까?"

물론 이야기 코드가 잘 맞는 것은 윤정만이 아니라 정령들도 마찬가지다. 그들은 방긋 웃으며 재현에게 달려들며 서로 대화하겠다고 한다.

메타리엔은 위치를 바꿔, 그의 가슴에 누워 잠들어 있었다.

*　　*　　*

열흘째.

앰뷸런스가 시끄럽게 울리며 진료소 밖을 빠져나간다.

재현과 윤정은 밖으로 나와 익숙해진 이 광경을 지켜보았다.

팔 한쪽이 잘려서 온 헌터가 치료 도중 의식을 잃어 실려 가고 있는 거라는 소리가 들려온다.

이미 익숙해질대로 익숙해져 별 감흥이 안 들지만, 그래도 안타까운 마음이 들었다.

"어제는 사망자가 나오고. 갈수록 점점 심각한 부상을 입는 사람이 늘어나고 있네요."

옆에 있던 재현은 고개를 끄덕였다.

뉴스에서는 헌터와 민간 헌터, 군인들이 몬스터 소탕을 하고 있지만 부상자가 점점 늘어나고 있다는 소식을 전하고 있었다.

이건 굳이 뉴스로 전해 듣지 않아도 이곳에 있는 재현은 어렵지 않게 들을 수 있는 소식이다.

아마 언론에서 보도되는 것보다 정확한 사망자 수는 이곳에서 대충 물어보는 게 가장 정확할 것이다.

"아무래도 그렇겠죠. 설악산에 깊숙이 갈수록 더 강한 몬스터들이 나올 테니까요."

첫날은 부상자만 나왔지만, 사흘째부터 점차 사망자까지 나오기 시작했다.

점점 설악산 깊숙이 들어가기 시작했다는 의미였다.

국가에서는 그 비싸다는 괴수용 탄을 병사와 헌터들에게 보급해 주고 있다고 한다.

일반 실탄으로 잡을 수 있는 몬스터에 한계가 있으니 필연적으로 괴수용 탄을 풀 수밖에 없는 것이다.

한 발당 백만 원이라는 탄.

병사 한 명당 열 발만 줘도 천만 원이다.

그간 군에서 쌓아 둔 탄과 업체에서 팔지 못한 재고품을 모두 풀고 대량 생산에 들어갔다고 한다.

준동을 막지 못하면 나라의 존망이 위태로워지니 할 수 있는 모든 수단을 강구하고 있는 것이다.

여의치 않으면 괴수용 포탄과 미사일을 일제히 설악산

에 쏟아 부어 몬스터들을 전멸시키는 방법도 고려하고 있다고 할 정도니 말은 다한 셈이다.

몬스터 준동이 한국에서 처음 있는 일이기 때문에 더욱 예민하게 반응하고 있는 것인지도 모른다.

"거의 대부분의 진료소가 꽉 차 있는 게 문제네요. 앞으로 더 많은 사람들이 부상을 입고 올 텐데 말이죠."

윤정이 상당히 걱정스러운 표정으로 밖을 바라본다. 진료소마다 환자들이 들끓기 시작했기 때문이다.

그들이 있는 진료소에도 간이침대에 환자들이 몇 명 누워 있었다.

뜬눈으로 지새우는 기간이 길어지니 열병으로 누워 있는 자도 더러 생겼다.

그것만이 아니라 고블린의 독침을 맞고 독에 중독된 이도 있었고, 화살에 맞거나 아군의 오발탄에 맞은 이도 있었다.

다행히 해독제도 보급품으로 주고 있어 치료할 수 있었지만, 회복하기까지 좀 오래 걸린다는 모양이다.

대병원은 벌써 인원수가 꽉 차 다른 지역으로 환자들을 보내기까지 했다.

국가 공인 헌터들보다 아무 능력도 없는 군인이나 민간 헌터들이 다쳐 오는 게 대다수였다.

어떤 이는 몸 한 군데가 잘린 채 진료소로 실려 오기도 했다.

정말 위급한 환자들은 일단 이곳에서 응급치료를 받고서 대병원으로 이송되었다.

치유 능력이 뛰어난 헌터들을 위주로 진료소 쪽으로 넣었기 때문에 서둘러 곧장 대병원으로 가는 것보다 생존 확률이 높았다.

진료소에 세포 증식 능력을 지닌 헌터가 가장 험한 일을 하고 있다고 들었다.

큰 상처는 포션을 쓰는 것보다 빨리 치유해 주기 때문이다.

거기다 몸 한 곳이 잘렸어도 잘린 부위를 가지고 와서 붙이면 높은 확률로 다시 쓸 수 있게 된다고 한다.

평생 장애인이 될 뻔했던 사람들도 그 헌터 덕분에 위기를 넘겼다.

"끄아아악!"

처음에는 단순히 미약한 신음 소리만 들렸다면 가까운 곳에서부터 먼 곳까지 고통의 비명을 지르는 곳이 한두 곳쯤은 있었다.

잠을 잘 때 누군가가 소리를 질러 깜짝 놀라 깨기도 했다.

재현이 머무는 진료소는 그나마 조용한 편이라 다행이다.

처음 비명 소리가 쉬지 않고 들려 소름이 돋았지만, 그게 며칠이고 계속되니 이제 익숙해졌다.

처음에는 깜짝깜짝 놀랐던 윤정도 이제 그러려니 하고 있는 실정이다.

사람의 적응력은 정말 상상을 초월했다.

단 며칠 사이에 고통에 찬 비명 소리마저 전부 적응해 버렸으니 말이다.

"일단은 들어갈까요?"

"네."

진료소에 사람들이 자주 온다고 하지만, 첫날과 사흘째에 비교해서는 적어진 편이다. 덕분에 여유로운 시간이 더 많아졌다.

엄청난 양의 F~E급 몬스터들의 물량 공세에 처음에는 많은 헌터들이 부상을 입었지만, 점점 몬스터들의 숫자가 줄어들어 부상자들도 자연스럽게 감소한 것이다.

거기다 초반에 진료소로 끌려온 헌터들은 다시 투입시키지 않고, 설악산 아래로 내려왔을지 모를 몬스터를 소탕하는 역할을 맡았다.

그들이 초반에는 몰라도, 지금 가 봤자 짐밖에 안 될

테니 위에서 그렇게 시킨 것이다.

지금까지 진료소에 온 헌터들은 토벌조가 대다수다. 하지만 토벌조에 들어갔어도 능력에 비해 실력이 부족했던 자들이다.

현재 남아 있는 헌터들이 진짜배기라는 소리다.

지금은 C급 몬스터들이 있는 곳까지 도달했다고 하니 남아 있는 헌터들 대다수는 중급 헌터의 실력이거나 그 이상의 헌터들일 것이다.

진료소 안에 들어와 문을 닫으니 주위의 소음이 어느 정도 가라앉았다.

의사 선생님과 아주머니는 진료소 안에서 새로 가지고 온 의약품을 정리하는 중이었다. 재현과 윤정은 자신들이 하겠다며 상자를 건네받아 함께 의약품을 선반에 비치했다.

조금 이곳에서 지내다 보니 의약품을 대부분 외웠다.

물론 어디에 쓰는지 아는 것은 얼마 없지만, 최소한 가져다 달라고 하면 바로 가져올 수 있을 만큼은 되었다.

의약품을 빠르게 정리하니 다시 할 게 사라졌다.

청소는…… 한 시간 전에 했기 때문에 굳이 할 필요는 없었다. 환자는…… 왔어도 의사 선생님이 진료하고 있었다.

외상은 어지간하면 재현이 다 해결할 수 있지만, 의사 선생님은 혹시 모르니 자신이 먼저 진료하겠다고 했다.

아마 바쁠 때와 달리 여유로우니 다시 자신의 일을 하는 것이리라.

'거참. 할 거 진짜 없네.'

바쁘면 바쁜 대로 힘들고, 안 바쁘면 안 바쁜 대로 힘들다.

안 바빠도 일이 조금이라도 있으면 최소한 심심하지 않으련만…….

일이 거의 없다시피 하니 심심해서 미칠 것 같았다.

윤정은 조용히 맞은편 의자에 앉았다.

재현도 앉아 있고 잠깐 그녀를 바라본 상태에서 눈이 마주쳤다. 그녀가 빙긋 웃었다.

'뭘까 이 어색한 분위기는.'

그녀는 빙긋 웃고 있는데 어쩐지 말을 걸 수가 없었다.

아마 그녀도 최대한 어색하지 않으려고 미소를 지은 게 아닐까 싶었다.

"바빠도 문제고, 안 바빠도 문제네요."

윤정의 말에 재현도 공감을 하며 고개를 끄덕였다. 안 그래도 자신도 그렇게 생각했기 때문이다.

"……."

"……."

그리고 또다시 침묵이 감돌았다.

역시 그녀도 나름 어색한 분위기를 누그러뜨리려고 했던 모양이다.

오히려 더 할 말이 없어서 더 어색해진 기분이다.

시도는 좋았으나 결과가 좀 안 좋았다. 그래도 나름 시도는 해 주었으니 그에 응하기로 했다.

"윤정 씨는 이곳이 무섭지 않으세요?"

"무섭다니요?"

"신체 일부가 잘린 사람이라든지, 고통에 비명을 지른다든지. 평범한 사람에게는 무서울 일이잖아요."

그녀는 잠시 고민을 했다.

그의 질문에 어떻게 답할지 생각을 정리하는 것 같았다. 그리고 머릿속으로 정리를 마친 후 입을 열었다.

"처음에는 무서웠어요. 지금도 약간 무섭고요. 하지만 아무래도 의학 쪽을 전공하다 보니 이런 일에 익숙해져야 한다고 생각하게 됐어요."

참고로 의학을 전공하고 있는 그녀는 의사가 꿈이다.

예전에는 좋은 성적으로 오직 성공을 목표로 의과 대학을 목표로 했었다. 하지만 8년 전 그 헌터의 도움을 받고 진심으로 사람을 구하기로 마음을 먹었다고 했다.

사람을 구하는 건 굳이 헌터가 아니라도 가능하다.

특히 의사라면 더욱 그러하다. 위기에서 구하는 건 똑같다. 1분 1초를 다투는 것이 의사다. 어떻게 보면 헌터보다 의사가 더 많은 생명을 살릴 수 있을 것이다.

물론 자신의 손으로 구할 수 없는 사람도 있겠지만, 살릴 수 있다면 그것만으로도 만족한다고 한다.

진심으로 사람을 구하려고 하는 사람이니 모든 참상을 직접 보고 겪어 보기로 한 것이다.

지금도 그 때문에 무서워도 모든 걸 받아들이고 있는 것 같았다.

"의사가 되기 전 미리 경험한다고 생각하고 있어요."

그녀는 웃음기 없는 진지한 표정이었다. 그녀의 뒤에서 후광이 비치는 것 같은 착각이 들었다.

그는 어색하게 웃으며 머리를 긁적였다.

"윤정 씨를 보고 있자니, 어쩐지 우연찮은 기회로 헌터가 되어 돈만 벌 생각을 한 제가 다 부끄럽네요."

각오가 완전히 다르다고 할까. 그녀가 의사가 되려는 목표를 들을 때마다 한없이 작아지는 것만 같았다.

재현은 자신을 돌아보았다.

단지 자연 친화력을 잘 받아들이는 체질이라는 것에 운디네와 계약을 하고 돈을 벌 생각으로만 가득한 자신만 기억에 남는다.

사춘기 때의 안 좋아진 집안 사정으로 그 트라우마가 커서 그럴지도 모르지만, 자기 충족을 위해 헌터가 된 것도 사실이다.

일단 돈은 많으면 좋다! 많이 모으자!

'얼마나 속물적인 거냐, 난.'

그렇다 하더라도 사람의 생각이 쉽게 변하지 않는 법. 자신이 속물이라는 건 진작에 알고 있었다.

그렇다 하더라도 진지하게 뚜렷한 목표로 장래를 세운 사람을 보고 있자니 부끄러워지는 것도 사실이다.

윤정은 미소를 지었다.

"재현 씨는 알게 모르게 사람들을 도와주고 있을 거예요."

"전 남을 도우려고 한 적이 없는데요."

아예 남과 접촉을 거의 안 하고 혼자서 사냥하고 다닌다. 그리고 남을 돕기보다 한 번 사람을 위기에 빠뜨린 적이 있었다.

블랙 헌터들. 포레스트 길드 녀석들을 몬스터 무리 속에 던져두고 병원 신세를 지게 했다.

그들이 했던 짓을 그대로 되갚아 주었다 하더라도 사람을 위기에 빠뜨렸었다는 사실은 변하지 않는다.

이것까지 말해 주지 않아 윤정은 그에 대한 건 전혀 모른다. 어차피 알려 줄 생각도 없고 말이다.

자신을 어떻게 생각하는지 몰라도 그녀에게 자신의 뒷모습을 보여 주고 싶지는 않았다.

“그렇지 않아요.”

그녀는 딱 잘라 그리 말하고 잠깐 숨을 고를 시간과 함께 이어 말한다.

“재현 씨는 의도치 않았겠지만 도운 사람이 분명 있을 거예요. 재현 씨는 모르는 일이지만, 어쩌면 도움을 받은 사람은 재현 씨를 기억하고 있을지도 모르죠.”

재현은 그녀의 말에 피식 웃음이 새어 나왔다.

억측이나 마찬가지다. 자신은 모르지만 남을 도와줬을 수도 있다니.

그 사실은 당사자가 직접 찾아와 말하지 않으면 모를 일이다.

그렇게 말도 안 되는 말로 위로해 주려는 걸까 생각했지만, 그녀의 얼굴은 진지하기만 하다.

“전 진심으로 하는 말이에요. 거기다 재현 씨가 잡은 몬스터들로 인해 사람들의 피해가 줄어들었을 거고, 몬스터를 팔아서 일상생활에 필요한 수정체도 공급해 주잖아요.”

“뭐…… 그렇죠?”

재현이 판 몬스터들은 따로 분리해서 다른 것으로 만들어지거나, 연구소재가 된다. 그것들의 공통점이라면 수정체를 모두 뺀다는 것.

수정체는 일상생활에 없어서는 안 될 에너지원이다.

“재현 씨는 분명 좋은 일을 하고 있어요. 그 좋은 일로 인해 돈으로 보상을 받는 거죠. 또 시장은 돈이 거래돼야 돌아가잖아요? 경제적인 면에서도 꽤 도움을 주고 있는 셈이죠.”

그 말을 듣고 잠시 벙찐 얼굴이 된 재현은 이내 하하하 웃었다.

“왜, 왜 그러세요?”

갑자기 웃음을 터뜨린 그를 보는 그녀는 자신이 무슨 실수라도 했나 우왕좌왕하고 있었다.

재현은 한참을 웃다가 눈가에 맺힌 눈물을 닦았다.

“아뇨, 생각해 보니 맞는 말이라서요. 고마워요, 윤정 씨. 윤정 씨 덕분에 힘이 나네요.”

물론 좋게 포장해 준 감이 없지 않아 있지만, 틀린 말은 아니다.

“그, 그래요?”

“예. 덕분에 기운을 차렸어요. 윤정 씨는 의사만 아니라 상담사를 해도 될 것 같네요.”

"그, 그렇게 말하면 제가 다 부끄러워지잖아요."

윤정은 정말 부끄러웠던 모양인지 얼굴을 붉히면서 고개를 돌려 그의 시선을 피한다.

재현은 그 모습을 보며 그녀가 귀엽다고 생각했다.

그렇게 웃고 있다가 간이침대에서 조용히 취침하고 있던 헌터가 벌떡 일어났다. 재현과 윤정이 그 헌터를 바라본다.

혹시 시끄럽게 해서 깬 게 아닐까 생각하니 미안해졌다. 시끄럽게 해서 죄송하다고 사과하려고 하니, 그가 다급한 표정을 짓고 있었다.

몸은 식은땀으로 젖어 있었고, 얼굴에는 두려움이 묻어나왔다. 혹시 악몽이라도 꾼 게 아닐까 했다.

그는 주위를 둘러보다가 재현과 눈이 마주쳤다. 그는 뜻밖의 말을 했다.

"크, 큰일 났어요."

"큰일이라니요?"

"봐, 봤어요. 미래를. 아니, 앞으로 몇 분 안에 터질 상황도요!"

재현과 윤정이 서로를 바라보며 고개를 갸웃거린다.

앞뒤 설명 없이 몇 분 안에 터질 상황을 봤다고 하면 누구나 같은 표정을 지을 것이다. 재현은 그가 무슨 능력을 지녔는지 찬찬히 생각해 봤다.

'아마 예지 능력을 지녔다고 했던가?'

환자들이 많아서 일일이 기억하지 못했지만, 잠깐 입원한 그의 능력은 기억하고 있었다.

무엇보다 미래를 보는 예지 능력을 지니고 있어 기억에 남은 것도 사실이다. 다만 악몽과 예지가 간혹 헷갈릴 때가 있다고 한다.

일단 상당히 당황하고 있는 것을 보니 악몽이든 예지든 엄청 심각한 것을 보긴 본 모양이다.

"진정하시고, 천천히 말씀하세요."

윤정은 일단 그를 진정시켰다. 공황상태에 빠진 그를 진정시키려고 했지만, 그는 쉽게 헤어나오질 못했다.

그는 떨리는 음성으로 말했다.

"이, 이러고 있을 시간이 어, 없어요. 어, 어, 얼른 피신해야 돼요. 모, 몬스터 주, 준동이…… 준동이 시작될 거예요! 그리고 이곳이 습격받을 거예요!"

간신히 어색함이 풀렸던 그들이 또다시 침묵하고야 말았다. 그리고 밖이 상당히 소란스럽다는 걸 그제야 눈치를 챘다.

재현은 굳은 얼굴로 자리에서 벌떡 일어나 황급히 진료소 밖으로 나갔다.

*　　*　　*

[국민 여러분, 여기는 소방 방재청 중앙민방위 경보 통제소입니다. 실제 몬스터 습격 경보를 발령합니다. 현재 시각 강원도 일대에 실제 몬스터 습격 경보를 발령합니다.]

웨에에에에엥—!

밖으로 나오니 시끄러운 사이렌 소리가 울려 퍼진다. 시끄러운 사이렌 소리를 듣고 진료소에 있던 모든 이들이 밖으로 나왔다.

"무, 무슨 일이에요?"

"몬스터 습격경보가 발령됐어요. 아무래도 진짜 준동이 시작된 모양이에요."

"버, 벌써요?"

아직 2주째가 되지 않았는데 벌써 준동이 시작됐다니. 이건 예상치 못한 상황이었다. 아직 사흘이나 남았다고 생각했는데, 그 기간이 짧아진 것이다.

윤정의 얼굴이 하얗게 질려 있었다. 주위에 울려 퍼지는 시끄러운 경보음에 소름이 돋을 지경이다.

재현도 마찬가지인데 그녀라고 크게 다르지 않을 것이다.

"아직 사흘이나 남아 안심하고 있었는데, 보기보다 몬스터들이 빨리 준동한 것 같아요."

이 진료소는 설악산에서 조금 떨어져 있다고 하지만, 거의 범위 안이다.

임시로 마련된 곳이어서 이틀 뒤에 조금 더 후방으로 옮길 계획인데, 예상보다 몬스터 준동이 빠르게 일어났다.

관리인들의 얼굴에도 당혹스러움 묻어나 있었다. 수많은 차량에서 군인들과 헌터들이 쏟아져 나왔다.

그들은 하나같이 거의 넝마가 된 옷을 걸치고 있었다. 그리고 가장 먼저 들어온 지프차에서 나이가 좀 되어 보이는 군인이 내렸다.

계급장을 보니 대령이었다. 직책은 연대장인 모양이었다. 연대장이 내리더니 소리쳤다.

"몸을 가누기 힘든 부상자를 제외한 진료소에 있는 헌터와 병력들은 모두 집합! 현 시간부로 임시로 헌터들도 귀관이 지휘한다!"

헌터들도 집합하라니 진료소를 맡고 있던 헌터들도 쭈뼛쭈뼛 나와 앞에 집합한다.

모든 헌터와 병력들이 모이고서 연대장이 다시 소리친다.

“몬스터의 준동이 시작되었다! 몬스터들이 설악산에서 일제히 쏟아져 나와 인간을 공격하고 있다! 지금부터 습격을 대비할 방어조, 부상자를 트럭에 옮기는 구조조, 트럭을 호위할 호위조로 편성하겠다!”

그러더니 줄을 가지고 있던 군인들이 헌터들 사이로 비집고 들어와 경계를 나누기 시작했다.

정확히 세 개로 경계가 나뉘어졌다. 재현은 좌측에 있었다.

“귀관의 좌측은 방어조, 가운데는 구조조, 우측은 호위조로 편성한다! 방어조는 지금 당장 진료소 밖을 경계하여 최대한 시간을 번다! 구조조는 가장 먼저 부상자들을 트럭에 싣는다! 호위조는 구조조를 도와 부상자들을 옮기다가 트럭에 타 부상자들을 지정된 장소로 옮긴 후 다시 되돌아와 부상자를 모두 옮길 때까지 반복한다!”

얼마나 심각했는지 연대장의 목소리가 상당히 빨랐다. 지금도 충분히 빠르다고 생각하는데도 말을 하면 할수록 더 빨라졌다.

“인명 구조를 우선시하고, 보급품은 부상자를 모두 후송한 뒤 싣는다!”

주위가 술렁였다. 그들도 지금 상황이 얼마나 심각한지 느꼈기 때문이다.

재현은 방어조가 되어 밖에서 경계를 서게 되었다.

군인이나 헌터 할 것 없이 무작위로 뽑힌 것이다. 재현은 진료소 앞에서 이를 지켜보고 있는 윤정을 향해 소리쳤다.

"윤정 씨! 서둘러 대피하세요!"

하지만 그의 목소리는 그녀에게 닿지 않았다. 주위가 소란스러워서 그의 목소리가 닿지 않은 것이다.

하는 수 없이 재현은 운디네에게 부탁하기로 했다.

"운디네. 미안하지만 윤정 씨에게 내 말 전해 줄래?"

"응, 알았어."

운디네가 고개를 끄덕이며 그녀에게 날아가 말을 전한다.

재현은 군인들의 안내를 따라 진료소 밖으로 나가 주위를 경계하며 몬스터들이 오는지 감시했다.

지정된 위치를 벗어나지 말라는 말을 듣고 재현은 한숨을 크게 내쉬었다. 어쩌다 이렇게 사태가 심각해졌는지 한숨이 나왔다.

그가 지루한 표정으로 주위를 감시하고 있을 때, 운디네가 도착했다.

"왔어? 윤정 씨에게서 전해 들은 말 있어?"

운디네는 고개를 끄덕였다.

"부상자들을 우선적으로 대피시키고, 자신도 대피하겠데."

재현은 역시나 하는 표정을 지었다.

대충 예상했던 답변이었다.

한 사람이라도 자신이 구하기 위해 의사가 되기로 다짐했다고 귀에 딱지가 앉도록 들었다.

그녀에게 이런 대답이 올 줄 예상했기에 역시 그녀답구나 생각할 뿐이었다.

* * *

약 세 시간이 지났지만 몬스터들이 전혀 보이지 않아 재현은 물론이고, 다른 헌터들도 긴장감이 완전 풀렸다.

부상자들은 대부분 옮겼고, 지금은 남는 자리에 보급품도 같이 옮기고 있었다.

헌터들은 아무 곳에나 털썩 주저앉아 정면을 바라보았다.

한 시간 동안 경계할 때는 잔뜩 긴장했는데, 두 시간째부터는 아예 완전히 풀렸다.

몬스터들이 내려와 공격을 개시하고 있다고 들었다. 하지만 지금까지 몬스터는커녕 몬스터의 털 한 올도 보지 못했다.

몬스터들의 속도로만 봐서 벌써 도착하고도 남을 시간이었다. 헌데 아직도 도착하지 않으니 이쪽으로 올 생각이 없는 것 아니냐는 생각이 들었다.

재현은 부상자도 옮겼으니 윤정도 대피하지 않았을까 싶어 다시 운디네를 보냈다. 운디네는 빠르게 윤정을 찾아 그에게 말을 전했다.

"윤정 씨는 뭐래?"

"이쪽으로 몬스터가 올 것 같지 않으니까 보급품도 마저 옮기겠데."

"사람들도 다 대피시켰으니 그냥 피하지."

보급품도 중요하긴 한데 혹시 모르니 미리 피하는 게 좋지 않을까 생각했지만, 이왕 하는 일 끝까지 하려는 모양이다.

"재현이는 윤정이를 많이 걱정하나 봐?"

"아무래도 그렇지? 열흘 동안 같이 다니다 보니까 나름 친해졌고 말야."

"흐응~"

운디네가 눈을 게슴츠레 뜨며 장난스러운 미소를 지으며 그를 바라보았다.

"왜 그런 눈으로 바라봐? 이상한 생각하지 마. 싫어하는 건 아니지만, 어떻게 해 볼 생각은 안 가지고 있으니까."

물론 아예 생각을 안 해 본 건 아니다.

재현도 남자다.

자신에게 먼저 다가와서 대화를 하는 여성을 보면 혹시 나에게 관심 있나 생각을 하는 것이 남자다.

윤정이 먼저 다가와 말을 걸 때 재현도 그런 생각을 했다.

여성은 호의에서 하는 경우가 많다고 하여 금방 생각을 접었지만 그런 생각을 안 하려고 해도 어쩔 수 없이 하게 된다.

또한 재현과 다른 이상을 품고 있는 그녀는 보면 볼수록, 얘기를 들으면 들을수록 관심이 가는 것도 사실이다.

윤정은 재현이 보기에도 참한 여성이다.

요즘에 이런 여성도 보기 힘들다.

자신의 소신도 강하고, 하겠다고 마음먹은 건 하고야 마는 성격이다. 어떻게 보면 재현과 성격이 맞았다.

'솔직히…… 호감이 많이 가긴 하지.'

간밤에 자기 전에 그녀의 얼굴이 떠오른 적도 꽤 많았고, 대화를 할 때마다 두근거리는 경우도 꽤 있었다.

"내가 봤을 때 재현은 윤정이를 좋아하는 거야."

스트레이트로 들어오는 운디네의 말에 재현이 당황했다.

"아, 아냐. 내가 무슨. 윤정 씨는 그냥……."

"그냥?"

"그, 그래. 친구야, 친구! 친구에게 그런 감정을 품는 건 이상하잖아? 안 그래?"

재현이 부정을 했지만, 운디네는 다 알고 있다는 듯 미소를 짓고 있었다.

"난 재현이를 좋아하는데? 친구를 좋아하는 게 그렇게 당황할 말은 아닌데 재현이는 왜 이렇게 당황하는 거야?"

"……윽."

평소 운디네에게 장난을 친 것을 고스란히 돌려받았다. 말로 주고 되로 받은 느낌이다.

아무래도 운디네를 호랑이로 키웠던 것 같다.

"그리고 내게는 솔직하게 말하지 않아도 난 재현이의 마음을 알 수 있다는 거 잊은 거 아니지? 재현이가 윤정이를 볼 때마다 느끼는 감정을 말해 줄까?"

"……."

생각해 보니 계약자와 정령은 서로의 감정을 공유할 수 있었다. 운디네에게 거짓말을 해 봤자 통하지 않는 건 다른 사람도 아닌 재현이 잘 알 터였다.

"끙……."

재현은 얼굴을 붉히며 고개를 푹 숙였다.

유치원 생일 당시 자신이 좋아하는 여자애를 어머니가 다 아는 것도 모르고 거짓말하다가 들킨 것 같은 느낌이다.

“헤헤. 재현이는 솔직하지 못하다니까.”

운디네가 귀엽다는 듯 그의 머리를 쓰다듬는다. 평소와 상당히 반대되는 상황이다. 이 기분을 어찌 표현해야 할까.

오묘하다는 것 외에는 딱히 어떻게 표현할 방법이 없었다.

“난 언제나 재현이를 응원하고 있어.”

“나도!”

“……나도…….”

아예 썬더러와 메타리엔도 합심해서 말한다. 메타리엔은 눈만 감고 있었을 뿐, 안 자고 있던 모양이다.

재현은 피식 웃으며 녀석들을 품에 꽉 안았다.

“그래, 고맙다. 너희들 덕분에 내가 힘이 난다.”

일부러 힘을 더욱 쥐는 재현이었다.

“헤헤. 재현아, 화났어?”

“아하하. 재현이 화났다. 화났어.”

“숨…… 막혀…….”

뭐, 다들 여전히 장난칠 여유가 있었다. 재현은 한동안 끌어안으며 장난치고 있을 때였다.

메타리엔이 갑자기 그의 품에서 벗어나며 대지를 바라본다.

"왜 그래, 메타리엔?"

뭔가 심각한 표정을 짓는 메타리엔을 보는 재현은 의문이 가득한 표정이었다. 메타리엔과 계약을 하면서 이런 표정을 본 적이 없었기 때문이다.

"재현아…… 오고 있어……."

"뭐가?"

뭔지 메타리엔이 대답을 하려고 할 때였다.

웨에에에에엥—!

다시금 사이렌 소리가 울려 퍼졌다. 그 소리를 듣고 재현이 흠칫 놀라며 자세를 잡는다.

몬스터들의 반응이 나타날 때 자동적으로 울리도록 설정된 것이다.

모든 헌터들도 재현과 다를 바 없이 전투 준비를 한다. 하지만 아무리 시간이 지나도 눈앞에 몬스터들이 나타나지 않았다.

그저 사이렌만 울릴 뿐,

"뭐야, 오작동인가?"

"아냐. 오작동이…… 아냐……."

메타리엔은 여전히 땅을 바라본다. 재현은 혹시나 하는 불안함에 땅을 뚫어지게 바라본다.

보이는 건 돌멩이와 흙밖에 없었지만, 발에서 약간 진동이 울리고 있는 걸 느낄 수 있었다.

지진을 체험해본 적은 없지만 어쩐지 땅속에서 뭔가가 이쪽으로 오고 있는 것 같았다.

"서, 설마 아니지?"

설마 하는 불길한 생각을 하고 있을 때, 진료소 안에서 굉음이 울려 퍼졌다.

재현이 화들짝 놀라 뒤를 바라본다.

거대한 몬스터가 땅속에서 튀어나오며 울부짖는다. 그리고 그와 똑같은 몬스터가 두 마리 더 대지 위로 튀어나왔다.

컨테이너가 하늘 위로 솟구치다가 대지로 추락하기 시작한다. 추락하는 것 중 사람으로 보이는 것도 있었다.

끼에에에에엑—!

"저, 저게 뭐야!"

처음 보는 거대한 몬스터를 보고 재현의 얼굴이 파랗게 질렸다.

모든 헌터들도 재현과 다를 바 없는 표정을 짓고 있었다.

저런 거대한 몬스터를 어떻게 잡아야 할지 보다 압도적인 크기에 할 말을 잃었다.

허나 땅속에서 튀어나온 녀석들은 맛보기였을 뿐이다.

녀석들은 얼굴만 내밀고 아가리를 벌리더니 뭔가를 토해 낸다.

녀석들이 토해 낸 것은…… 몬스터였다.

"키에에엑!"

"으악! 몬스터들이 튀어나온다!"

진정한 공포는 지금부터 시작일 뿐이었다.

Chapter 07

몬스터 준동 Ⅱ

진료소에 땅굴을 파 몬스터들을 태운 땅굴 수송 벌레가 튀어나왔다.

땅굴 수송 벌레 몸 안에서 수많은 몬스터들이 쏟아져 나오며 진료소를 안에서부터 습격했다.

밖에서 경계하고 있던 헌터들이 황급히 내부로 들어가고 있었다.

"미, 미친."

진료소 내부에 들어온 헌터들이 처음 꺼낸 말은 그것이었다. 재현도 다를 바 없었다.

진료소 내부에 들어온 몬스터들의 수는 어림잡아도 수

백 마리다.

이런 숫자가 밖에서 왔다면 충분히 막을 수 있었겠지만, 아무런 방비가 안 되어 있던 내부에서 침투하니 인명 피해가 늘어나기 시작했다.

민간 봉사자들과 공격 능력이 전혀 없는 헌터들이 비명을 지르며 피하기 시작한다.

다행이라고 하면 땅굴 수송 벌레는 공격성이 전혀 없다는 것이다. 몬스터들을 모두 수송하면 죽음을 맞이하는 것이 땅굴 수송 벌레다.

그러나 땅굴 수송 벌레는 존재 자체만으로 위협적인 몬스터인 건 확실하다.

한 마리에 백 마리 이상을 태워 존재를 드러내지 않고 적진에 들어올 수 있기 때문이다.

땅굴 수송 벌레의 입에서는 여전히 몬스터들이 쏟아져 나오고 있었다.

타타타타타타탕!

기관총과 소총이 일제히 불을 뿜으며 몬스터들에게 집중 사격을 실시했다.

갑작스러운 몬스터의 공격에 혼란스러웠다.

"진료소 내부로 침투해 왔다! 민간인들이 대피할 때까지 시간을 벌어라! 민간인들의 사격에 주의하라!"

연대장은 소리를 지르며 지휘하며 요대에 차고 있던 권총을 꺼내 화력을 지원해 주었다. 총을 사용하는 헌터들도 서둘러 몬스터들을 향해 총을 쏘기 시작했다.

재현은 목에 목걸이처럼 걸었던 보호대를 이마에 착용한 후, 후드를 뒤집어쓴다.

몬스터들 중 고블린도 있고, 침을 쏘아 대는 몬스터도 있기 때문이다.

어지간한 공격은 아이언 와일드 보어의 가죽에 티타늄 합금으로 덧대어진 코트가 다 막아 줄 것이다.

사격이 진행 중이라 근접에서 싸우는 이들은 나서지 못하고 있었다.

무엇보다 몬스터들 무리 안에 인간들이 도망치고 있어 사격에도 조심스러웠다.

재현도 함부로 썬더러로 공격하지 못했다. 썬더러의 공격은 불특정 다수에게 영향을 끼치는 공격이다.

민간인들이 공격을 당할 수 있기 때문에 메타리엔과 운디네로 방어 기술을 시전해 민간인들을 보호해 주었다.

근접해 온 녀석들만 일단 처리했다.

그렇게 사격이 한창 진행되다가 탄창이 모두 떨어졌다. 연대장도 탄알이 떨어졌는지 소리친다.

"헌터들 돌격하라! 병력들은 착검한 상태로 민간인들

대피를 유도하라!"

돌격 명령이 떨어지자 헌터들이 가장 먼저 일제히 돌격하기 시작했다.

군인들은 소총에 착검을 하고 몬스터 무리에서 빠져나온 민간인들을 대피시키기 시작한다.

다행이라고 하면 땅굴 수송 벌레에 태워진 몬스터들은 등급이 높지 않은 몬스터들 위주라는 것이다.

어느 정도 훈련을 받은 군인들이라면 충분히 소탕이 가능한 몬스터들이었다.

치유 능력에 특화된 헌터들은 전투에 나서지 않고 뒤에서 부상자들을 치료하거나 트럭에 옮기고 있었다.

재현은 이번에는 소탕에 앞장서기 시작했다.

"운디네, 몬스터들 한가운데에 물을 대량으로 쏟아 부어!"

운디네가 수분을 최대한 빨리 끌어모아 대량의 물을 몬스터들 한가운데에 쏟아부었다. 재현은 다시 소리친다.

"썬더러, 라이트닝 볼!"

몬스터들 한가운데에 라이트닝 볼이 생성된다. 둥근 전류가 젖은 땅에 작렬하고, 몬스터들에게 퍼져 나간다.

헌터들도 압도적인 화력으로 몬스터들을 소탕하고, 아직도 몬스터 무리에 있는 민간인들을 구출해 냈다.

그렇게 약 두 시간 동안 치열한 전투 끝에 몬스터들이 완벽히 소탕되었다.

몬스터들이 모두 소탕되자 주위의 참상이 눈앞에 보였다.

몬스터와 사람들의 시체가 주위에 어지럽게 널려져 있었다. 엄청난 참상이었다.

얼굴의 형체를 알아볼 수 없는 인간부터, 산 채로 살을 뜯기며 죽은 이들도 상당수 되었다.

이런 처참한 광경에 재현은 머리가 어질어질거렸다.

이런 참상을 목격한 이들은 아마 여기서 몇 없을 것이다. 익숙하다 할지라도 속이 거북해할 것이다.

그만큼 진료소 내부는 처참하고, 광기가 서려 있는 곳이었다.

"생존자를 찾아라!"

연대장은 지친 얼굴로 다시 명령을 내렸다.

헌터들은 몬스터들을 치우며 생존자를 찾고, 죽은 이들을 한곳에 옮겼다.

생존자들은 시체를 보고 구석에 가서 토악질을 하고 있었다. 재현의 속도 엄청 거북한데 그들이라고 다를까.

재현은 몬스터들의 시체를 치우며 시체를 몇 개 발견했다.

……얼굴을 아예 모르겠다. 몸도 완전히 고깃덩어리가 되어 버렸다.

먹히거나, 뜯겨진 것이 아닌 높은 곳에서 떨어진 것처럼 보인다.

아무래도 땅굴 수송 벌레가 튀어나오면서 희생된 이 같다. 뇌수가 흘러나오고, 뼈가 튀어나온 모습을 보고 있자니…….

"우욱!"

결국 재현은 참지 못하고 구석으로 달려가 미리 와 있던 헌터들과 함께 속에 있던 내용물을 모두 쏟아 냈다.

속이 무척 거북하다. 피 비린내가 뭔지 오늘 처음 맡아보았다. 상당히 역한 건 둘째치고, 두 번 다시는 맡기 싫은 것이었다.

재현은 운디네에게서 정화수를 받아 입을 헹궜다. 그리고 뒤늦게 걱정이 된 이가 떠올랐다.

'윤정 씨는 무사하려나?'

보급품을 옮기던 윤정이 생각난 것이다. 혹시 잘못되기라도 한 건 아닌가 걱정이 들었다. 마침 자신이 맡은 진료소 앞이었다.

진료소는 일부 파손된 상태였지만 멀쩡한 편이었다.

안에 들어가 보니 종이 박스가 어지럽게 널려져 있고,

내용물이 든 유리병은 깨진 채 바닥에 널브러져 있었다.

안을 둘러보니 자신의 짐이 하나도 없었다. 가방도 없는 것을 보니 누군가 옮긴 것 같다.

윤정이 했거나 의사 선생님이나 아주머니가 옮겨 줬을 것 같다. 아무도 안에 없으니 밖에 대피했을 거라 생각하기로 했다.

그래도 열흘 동안 같이 얼굴을 마주해 나름 친근감이 느껴지는 이들이었다. 그들이 무사하기를 빌며 재현이 밖으로 나왔다.

"재, 재현 씨!"

밖으로 나와 잠깐 하늘을 바라본 재현이 익숙한 목소리를 들었다.

그는 자신을 부른 곳을 향해 고개를 돌린다.

그가 시선을 돌린 곳에 피로 얼룩진 가운을 입고 있는 윤정이 서 있었다.

그녀는 재현을 보고 왈칵 울음을 터트리더니 재현에게 달려와 안겼다. 갑자기 안겨 당황할 법도 하지만, 그럴 여유가 없었던 걸까.

재현은 그녀의 등을 토닥였다.

"무사하셔서 다행이에요. 몸은 괜찮으세요? 어디 다치신 곳은요?"

"전 괜찮아요. 마침 트럭 근처에 있어서 몬스터들에게 피해를 받지 않았어요. 근데 선생님하고 아주머니께서……."

"……."

굳이 말하지 않아도 알 것 같다.

재현은 입을 굳게 닫으며 그녀를 꼭 끌어안아 주었다.

그녀는 어린애처럼 그의 품 안에서 울었다.

항상 웃음이 가득했던 그녀가 우는 모습은…….

보는 그가 아팠다.

* * *

희생자는 봉사자, 군인, 헌터만이 아니라 기자들도 포함되어 있었다.

진료소 내부에서 취재하던 기자들은 갑작스러운 몬스터의 등장에 희생자 명단에 올라와 있었다.

재현은 희생자 명단에서 의사 선생님과 아주머니의 이름이 올라온 것을 확인하고 입을 꾹 다물었다.

열흘 동안 얼굴을 봐 온 그들이 희생되었다는 것이 씁쓸하게 느껴졌다.

또 다른 진료소에서는 또다시 땅굴 수송 벌레가 나타날

수 있으니 땅 깊숙이 철제 빔을 박아 대비했다.

땅속에서 이동하는 녀석들에게 이게 크게 효과를 볼지 모르겠다.

그래도 운이 좋으면 이것과 충돌해 땅속에서 수백 마리의 몬스터들과 죽을 수 있다고 하니 없는 것보다야 나은 것 같다.

재현은 피로 얼룩진 옷을 운디네로 하여금 깔끔하게 빨았다. 윤정의 옷과 가운도 운디네가 빨아 주어 깨끗한 상태였다.

그녀는 대피소에서 얼굴을 다리에 파묻은 채 조용히 있었다.

아무리 의사가 되려고, 사람들을 구하려고 굳게 다짐했어도 아까와 같은 상황을 목격하면 마음이 약해질 수밖에 없는 것이다.

재현은 그녀의 옆에 앉아 따뜻하게 데운 코코아를 그녀에게 건넸다.

"드시고 기운 차리세요."

"고마워요, 재현 씨."

윤정의 미소는 평소와 많이 달랐다. 억지로 짓는 미소라는 게 한눈에 봐도 알 수 있었다.

그녀는 두 손에 코코아가 담긴 종이컵을 멍하니 바라만

보고, 입에 대지 않았다.

식욕조차 방금 전 일로 날아간 것 같았다.

그녀는 따뜻하게 데운 코코아로 언 손을 녹이는 것만 하고 있었다.

"재현 씨는 이 상황에서도 의젓하시네요. 이런 일을 많이 목격해서 그런 거예요?"

재현은 고개를 저었다. 이런 일을 많이 목격했을 리 없었다. 그는 사람이 몬스터에게 죽는 것조차 본 적이 없었다.

"겉으로 멀쩡한 척하고 있지만 사실 아무렇지 않은 건 아니에요. 다만 주저앉아도 달라지지 않으니까 조금 더 냉정해지자고 생각한 거죠."

현실적이라고 할까, 이런 상황에서는 반드시 필요한 것이다.

윤정은 그런 재현이 내심 부러웠다.

자신은 자꾸 의사 선생님과 아주머니의 희생당했을 때의 모습이 기억 속에서 떠나질 않았다.

두 눈으로 몬스터에게 희생되는 모습을 목격했기에 그 충격은 더했다.

재현은 그 당시 상황을 목격하지 않았지만, 두 사람의 누워 있는 모습을 보고 대충 어떻게 희생됐는지 파악할 수 있었다.

그 두 사람은…… 아주 고통스럽게 희생되었다.

"저는 재현 씨의 그런 점이 부러워요. 저도 겉으로 내색하려고 하지 않으려고 생각은 하지만, 쉽게 안 돼요."

이건 재현이 어떻게 해 줄 수 있는 게 없었다. 외상이라면 자신이 고쳐줄 수 있지만, 마음의 상처나 트라우마는 고칠 방법이 없었으니까.

정신계 능력자라면 가능할지 모르지만 완전한 치유는 불가능할 것이리라. 재현은 문득 시간을 봤다가 나갈 시간이란 걸 확인했다.

"일단 전 나가 볼게요. 몬스터들이 또 습격할지도 모르니 경계를 강화하기로 했거든요. 끝나고 찾아올 테니 쉬고 계세요."

"네, 재현 씨. 기다리고 있을게요."

재현은 그녀의 배웅을 받으며 경계 위치로 갔다. 임시로 설치한 초소는 망루처럼 높이 쌓았다. 주변이 한눈에 다 보일 정도로 높았다.

그가 도착하자 먼저 와 있던 근무자가 그를 맞이했다. 근무자는 재현과 같은 헌터였다.

"안녕하세요?"

재현이 나름 밝게 인사했지만, 그는 고개를 살짝 끄덕인 채 인사를 했다. 원래부터 말이 없는 사람인가 싶었다.

표정이 밝지 않고 정면만 노려보니 꽤나 열 받은 상태 같았다. 말을 걸기가 무서울 정도였다. 이번 근무는 그가 먼저 말을 걸지 않으면 아무 말 없이 서야 할 것 같았다.

그렇게 약 한 시간 동안 아무 말 없이 서 있다가 옆에 조용히 서던 근무자가 뭐라고 중얼거렸다.

"죽인다. 몬스터 개새끼들. 죽인다. 전부 다."

"……."

아무래도 그가 아는 사람 중 희생당한 자가 있던 것 같다고 생각하며 재현은 묵묵히 정면을 바라본다.

* * *

그렇게 두 시간을 넘게 근무를 서다가 간신히 교대를 하고 대피소로 올 수 있었다.

경계를 서러 갔을 때와 달리 대피소는 울음소리가 잦아들어 있었다.

다들 울다 지쳐 잠들었다. 깨어 있는 사람은 아무 말 하지 않고 몸을 다리를 끌어안고 앉아 있었다.

그러면서 혼잣말 하는 사람도 더러 있었다.

재현은 윤정이 있던 자리로 가 보았다.

윤정은 여전히 코코아를 두 손에 든 채로 초점 없는 눈동자로 멍하니 있었다. 코코아는 당연히 잔뜩 식은 상태였다.

'내가 나갈 때부터 쭉 저 상태로 있었단 말이야?'

그렇게 밝고 활기차고 웃음기 가득하던 그녀가 이렇게까지 망가지다니.

평생 트라우마로 남을 정도로 충격적이었을 테니 심정은 이해가 갔다.

아마 지금까지 계속 정신을 차리고 있었으면 사람이 미칠 것 같으니 그녀의 몸이 사고 기능을 정지시킨 것 같다.

그래도 일단 자신이 왔으니 안심시킬 수 있기에 말을 걸었다.

"윤정 씨, 저 왔어요."

"히익?!"

그가 말을 걸자 화들짝 놀라는 윤정.

작은 소리로 불렀는데 너무 심한 반응을 보인 게 아닌가 싶었지만,

"아, 재현 씨……."

"예, 저예요. 괜찮으세요?"

"잠깐 멍해 있던 것뿐이에요. 근데 너무 빨리 오셨네요? 10분밖에 안 지난 것 같은데."

"……."

재현은 속에서 뭔가 욱하고 올라오는 것 같았다. 시간이 얼마나 지난 지도 모를 정도로 지쳐 있었다.

지금 당장 터질 듯한 몬스터들에 대한 분노를 간신히 억누르며 그녀에게 말을 걸었다.

"아무래도 주무셔야 할 것 같아요."

"아, 아뇨. 괜찮아요. 아직 안 피곤해요."

운디네나 썬더러가 그녀를 보며 심히 걱정하고 있는 것도 느껴졌다.

운디네는 그녀의 상태를 살피며 텔레파시로 그에게 그녀의 상태를 전했다.

[지금 휴식을 취하지 않으면 간신히 붙잡고 있는 윤정이의 마음이 완전히 무너질 거야. 억지로라도 휴식을 취하게 해야 돼.]

재현도 같은 생각이다.

괜찮다고, 안 피곤하다고 말하고 있지만, 그녀는 지금 얼마나 견딜 수 있을지 모르는 상태다.

아무런 의학 지식이 없는 재현이라도 그녀가 얼마나 심각한 모습인지 보였기 때문이다.

"제가 옆에 있을 테니 걱정하지 말고 주무세요. 이제 저도 근무가 끝났거든요. 저도 이제 자려고요."

"그래도 남자 옆에서 자는 건 좀……."

그 말을 듣고 재현이 얼굴을 붉혔다.

생각해 보니 사귀고 있는 사이도 아닌 여성이 남자 옆에서 자는 건 꽤 부끄러운 일이었다. 남자 입장에서도 마찬가지고 말이다.

"아, 이상한 짓 안 할 테니 걱정하지 마세요. 이래 봬도 전 꽤 신사적이라고 해야 할지, 숙맥이라고 해야 할지. 여튼 걱정은 마세요!"

뭔가 횡설수설하는 재현. 당황해서 스스로 숙맥이라 말해 버렸다.

창피하다. 이 나이에 숙맥이라고 인정하는 것만큼 비참하고 창피한 건 없다.

자기가 말해 놓고 자폭한 기분이라 얼굴이 더 붉어진 재현이다.

"후후."

방금 전까지 힘없던 그녀가 진심에서 미소를 지었다. 그녀는 빙긋 웃으며 고개를 끄덕였다.

"재현 씨 나이에 숙맥이면 확실히 자랑은 아니네요."

"……."

재현은 고개를 푹 숙인 채 그녀의 시선을 피한다.

윤정은 빙긋 웃으며 자리에 누웠다.

"그럼 믿고 잘게요. 이상한 짓 하시면 안 되는 거 아시죠?"

"……."

창피해서 쥐구멍에 숨고 싶은 심정인 재현은 대답도 못하고 고개만 끄덕였다.

그 모습이 귀여웠던지 윤정은 후후 웃다가 잠시 후 잠에 푹 빠져들었다.

최소한 잠들 때만큼은 고통스럽지 않을 테니 안심이 되었다.

*　*　*

얼마나 잠이 든 것일까. 작은 인기척에 눈이 번쩍 뜨인 윤정은 주위를 둘러보았다.

환하게 비추던 대피소의 불빛은 이미 다 꺼진 상태다.

대피소에 있던 사람들 대부분 곤히 잠이 들어 있었다.

물론 불빛은 있긴 있다.

새벽에 잠깐 일어난 사람이나, 지금껏 깨 있는 사람들이 휴대폰을 바라보고 있는 것이다.

그 약간의 불빛이 주위를 조금씩 비춰 주었다.

옆을 바라보니 앉은 채로 잠이 든 재현이 보였다. 그의 눈앞에 손을 흔드니 아무런 반응이 없다.

언제부터 잠든 건지 모르지만, 고개를 꾸벅꾸벅 거리고 있었다.

옆에서 자신을 지켜보고 있다가 잠이 든 것 같다. 그의 정령들은 재현의 무릎에 누워 있었다.

처음에는 단순히 헌터라서 관심을 가졌는데, 어제의 일로 재현이라는 사람 자체에 관심이 생겼다.

뭐랄까. 자신을 낮추거나 본인의 능력을 부정하는 경향이 있지만 윤정이 봤을 때 재현은 상상하던 것 이상의 사람이다.

좋게 말하면 겸손하고, 나쁘게 말하면 스스로를 과소평가하고 있다고 할 수 있다.

윤정은 조심스럽게 앉은 채로 잠이 든 그의 머리를 받치며 천천히 옆으로 뉘였다.

일어날 만도 한데 깊이 잠들었는지 전혀 깨지 않았다.

오늘 일어났던 일이 꽤 힘들어 많이 피곤했던 모양이다.

'그러면서 내 옆에 있어 주겠다고 하다니.'

그의 옆에는 빈 과자 봉지와 빈 페트병이 있었다. 한번에 다 먹었을 리는 없고, 꽤 장시간 깨어 있다가 잠든 것 같다.

사람이 착한 건지, 바보 같은 건지 모를 일이다.

눈만 감고 있던 운디네와 썬더러는 인기척에 눈을 떴다. 그리고 그녀를 바라본다.

"쉿."

윤정은 자신의 입가에 손가락을 얹었다. 운디네와 썬더러가 고개를 끄덕였다. 메타리엔은…… 여전히 눈을 감고 자고 있다.

"고마워요, 재현 씨."

그녀는 조용히 그의 이마에 입을 맞췄다.

*　　*　　*

몇 시간이나 지났을까?

정신을 차려보니 재현은 윤정의 옆에서 잠을 자고 있었다.

그런데 그 거리가 너무 가까웠다. 바로 코앞에 그녀의 얼굴이 있었다. 그녀는 이미 눈을 뜬 상태로 그를 바라보고 있었다.

눈이 마주치자, 그녀가 미소를 지었다.

"안녕히 주무셨어요?"

"……."

어쩐지 얼굴이 너무 가깝다. 재현은 자리에서 벌떡 일어났다. 부끄러워해야 할 상황이 맞는데, 그녀는 어쩐지 태연하다.

"제가 자고 있는 사이에 이상한 짓 하신 거 아니죠?"

"안했어요. ……혹시 잠결에 제가 이상한 짓을 했나요?"

혹시 몰라 물어보니 그녀가 알 게 모르게 미소를 짓는다.

말해 줄 생각은 없는 것 같다. 알 듯 모를 듯한 그 미소가 상당히 신경 쓰였다.

"배고프지 않아요?"

"네, 네? 아, 네. 그러고 보니 그러네요. 배고픈 것 같아요."

막 일어나서 배는 안 고프다. 다만 잠이 덜 깬 상황에서 당황스러운 상황이 있었으니 자신도 모르게 배고프다고 대답한 것이다.

"그럼 같이 식당에 가요. 전 잠깐 화장실에 들렀다 갈 테니 천천히 나오세요."

윤정은 빙긋 웃으며 먼저 자리에서 일어나 밖으로 나갔다. 먼저 나가는 그녀의 뒷모습을 바라보며 재현은 머리를 긁적였다.

'진짜 내가 뭔 짓을 한 거야, 뭐야?'

무슨 짓을 했으면 분명 저렇게 미소를 짓지 않았겠지

생각했다. 자신을 놀리려는 것 같은 모양새다.

그래도 혹시 모르니 물어보기로 했다.

"운디네, 썬더러. 혹시 내가 잠결에 어딜 만지거나 했어?"

잠버릇이 나쁜 편은 아니라고 생각하지만, 그래도 혹시 모른다. 잠결에 그녀를 안았을지 누가 알겠는가.

"음~ 글쎄."

"잘 모르겠는데?"

운디네와 썬더러가 장난스럽게 웃으며 키득거렸다.

그 모습을 보고 재현은 오히려 더 헷갈리는 표정을 짓는다.

아는 것 같은데 모르는 척하는 것 같다.

확실히 새벽에 무슨 일이 있던 것 같은데 말을 해 주지 않으니 답답한 마음이다.

'무슨 일이 있었지만 내가 뭔 잘못을 한 건 아닌가 보네.'

잠꼬대라도 했겠거니 생각하며 자리를 털고 일어난다.

어제와 다르게 윤정이 마음의 안정을 찾은 것 같아 다행이라고 생각하며 식당으로 향했다.

식당에 도착하고, 윤정과 함께 식당에 도착했다. 식당에는 헌터와 의사들만 있었다.

밖은 현재 몬스터들이 언제 습격할 줄 몰라 후다닥 짐을 싸서 더욱 안전한 곳으로 가려는 사람들이 줄을 잇고 있었다.

그들의 심정도 이해하지 못하는 것이 아니라 아무도 말리지 않았다. 그중 헌터들도 섞여 있긴 했지만, 줄을 통제하고 있는 것 같다.

재현은 그 줄을 바라보며 윤정을 바라보았다.

재현은 윤정이 차라리 대피했으면 하는 마음이었다.

여기에 있어 봤자 어제와 같은 일을 언제든지 당할 수 있기 때문이다.

몬스터들의 습격. 지금은 나름 대비하고 있었다지만, 어떤 식으로 다시 습격해올지 모르는 일이다. 어제의 공격도 상상을 초월한 것이었다.

몬스터 준동이 가장 무서운 것은 죽음을 모르고 진격하려는 몬스터들이다. 또한 지능을 가진 몬스터들은 우두머리의 옆에서 작전을 짜기도 한다.

녀석들은 지혜를 짜내어 상상하지 못한 방법까지 동원하기도 한다.

어제보다 더했으면 더했지, 덜한 공격은 없을 거라고 생각하고 있었다.

"제 얼굴에 뭐가 묻었나요?"

"아뇨. 윤정 씨는 대피하지 않나 해서요."

"전 여기에 남아 있기로 했어요."

역시 예상했던 답변이다. 아마 진즉에 대피할 생각이었으면 윤정도 저 행렬에 끼어 있었을 것이다.

이렇게 식당에 온 것은 이미 대피할 생각이 없다는 뜻으로 보고 있었다.

"위험할 수도 있어요."

"그때는 재현 씨가 도와주면 되잖아요."

"확실히 그러면 되긴 한데…… 어제처럼 못 도와주는 상황이 올 수 있으니 문제죠."

그런 아수라장 같은 곳에서 윤정이 마침 보여 구해 주면 못 구해 줄 것도 없지만, 못 찾을 확률이 크다.

설사 찾았어도 딱 찾아 구해 주는 것도 어렵거니와 다른 이들도 구해야 하는 것이 재현이다.

지금 그가 이곳에 온 이유가 몬스터의 토벌도 있지만, 사람들을 구하는 일을 함께하고 있는 것이다.

"아, 그럼 이거라도 지니고 계세요."

재현은 마침 떠올랐다는 듯 주머니에서 뭔가를 꺼내 그녀에게 건넨다. 그녀의 손에 작은 호루라기가 놓여졌다.

"어제 근처 노상에서 구한 호루라기예요. 위기에 처하면 이걸 힘껏 부세요. 그럼 제가 곧장 달려갈게요."

굳이 자신이 아니더라도 그 소리를 들은 누군가가 그녀를 구해 주러 갈 수도 있다.

아무도 신경 쓰지 못하는 상황에서 호루라기 소리가 들린다면 누구든 생존자가 있다는 것만큼은 알려 줄 수 있을 테니까.

"다만 정말 위험할 때 쓰셔야 돼요. 안 그러면 몬스터들이 몰려올 수도 있으니까요."

몬스터들은 후각과 청각이 공통적으로 발달되어 있다.

시끄러운 소리가 들리면 당연히 그 소리에 몰릴 것이 분명하다.

"확실히 도움이 되는 거예요?"

몬스터가 몰려오면 더 위험한 게 아닐까란 생각이 들기 시작한다. 하지만 재현은 고개를 끄덕였다.

"자신의 위치는 알릴 수 있죠. 여기 있다는 걸 멀리까지 사람들이 알 수 있으니 구출될 확률도 커질 거예요."

누군가가 도울 수도 있는 반면, 반대로 몬스터들이 몰릴 수도 있다.

정말 죽기 일보직전이 아니면 사용하면 안 될 것 같았다.

윤정은 시험 삼아 호루라기를 입에 대고 살짝 불어보았다.

삐리릭!

정말 살짝 불었는데도 꽤 시끄러운 소리를 냈다. 덕분에 주위 시선이 집중되었다.

그녀는 주위 사람들에게 죄송하다고 사과한 뒤, 호루라기를 목에 걸었다.

'숙맥이라고 하더니. 나름 세심하게 대해 주네, 뭘.'

재현을 아예 모르고 있었다면 여자에 대해 잘 아는 사람으로 비춰졌을 정도다.

자신의 생존을 도모하는 상황 속에서 남을 구하겠다고 호루라기까지 준비해 주는 사람은 드물다.

윤정은 호루라기를 소중히 가지고 있겠다는 듯 꼭 쥐었다.

*　　*　　*

재현은 일대를 정찰하고, 경계하는 것을 하루 여섯 시간 정도 했다. 아침과 점심, 저녁 시간을 두 시간씩 섰다.

운이 좋아서인지, 새벽에 서는 사람들이 따로 있는 건지 알 수 없다. 새벽에 나간 적은 한 번도 없다.

그 외에는 뭘 해도 아무도 제지하지 않았다.

그나마 보수 작업 같은 것들을 할 때 옮기는 것만 좀 도와줄 뿐이지, 삽질 같은 경우는 군인들이 알아서들 했다.

그 덕분에 재현은 킵보이로 하여금 현재 몬스터들의 동태를 실시간으로 확인하고 있었다.

녀석들은 설악산을 중심으로 사방으로 약 5킬로미터를 전진해 영역을 확장한 상태였다.

그 안에 있던 모든 시설물들이 파괴되었다는 것도 알 수 있었다.

어쩐지 휴대폰 전파가 잘 안 터진다 했더니 통신소도 파괴되었던 모양이다.

킵보이는 위급상황이 될 경우를 대비해 서로의 킵보이가 안테나 역할을 해 줘 끊길 일이 없었다.

EMP탄이 터지거나, 누군가가 아예 전파를 차단할 생각으로 가로막는 게 아니라면 말이다.

"어제 진료소의 공격을 마지막으로 공격이 일시적으로 멈춘 것 같네."

하루 만에 5킬로미터를 전진. 이게 거리상으로 별것 아닌 것 같지만, 의미하는 바가 크다.

녀석들의 활동 범위가 넓어진 만큼 식량을 충분히 확보할 수 있고, 식량을 확보한 만큼 번식을 할 수 있기 때문이다.

녀석들이 계속 진격한다면 그 수는 기하급수적으로 늘어 진격 속도는 더욱 속력을 박차게 될 것이고, 머지않아

전 국토가 몬스터들에게 유린당할 것이다.

아직 초기라서 어떻게 될지 모르지만, 확실한 건 아직 포기할 생각이 없다는 것이다.

지금 이 순간에는 마스터 헌터들을 죄다 투입해 몬스터들의 수를 줄이며 우두머리를 찾고 있다고 한다.

'마치 장기 말이 된 기분이네.'

왕을 죽이기 위해 투입된 전력들. 마스터 헌터들이 차(車), 포(包), 상(象), 마(馬) 같은 말이라고 하면, 재현 같은 헌터들은 졸(卒)이나 될 것이다.

마스터 헌터들은 대부분 정찰조로 빠져 설악산 깊숙이 들어가 여전히 소탕 작전을 펼치고 있다고 한다.

헌터계와 정부에서는 마스터 헌터들에게 기대하는 바가 큰 모양이다.

그 비싸다는 최상급 포션을 무한정으로 공급해 주고 있다고 한다.

자신들에게도 그렇게 좀 줬으면 어디가 덧나나 싶다.

중급 포션만 줘도 생명이 위독한 사람도 어떻게든 살릴 수 있었을 텐데 말이다.

'최상급 포션도 엄청 비싸다는 모양이니까 이해해야 하나?'

예산을 확충해 헌터 쪽에 돌려도 힘든가 싶다. 어디나

다 예산이 문제니 별수 없는 문제 같다.

정말 국가가 멸망하기 직전까지 가면 그럴 수 있을지 모르겠지만.

그 외에도 여러 가지 보니 타국에서도 베테랑 헌터들을 파견해 준다는 모양이었다.

가장 가까운 이웃인 중국과 일본이 가장 먼저 헌터를 보냈고, 미국은 인원 선발을 마치고 내일 도착한다는 모양이다.

사태가 끝나면 도시를 재건할 인원들도 함께 오느라 시간이 가장 오래 걸렸다는 모양이다.

가장 많은 헌터들을 보내고 있으니 시간이 오래 걸리는 것도 무리가 아니다.

한국도 가까운 이웃국가에서 몬스터 준동이 일어났을 때 파견한 전례가 있다.

중국과 일본에서 일어났던 준동인데 한국에서 마스터급 헌터들을 파견했었다.

이웃한 국가들은 서로 긴밀히 협력을 하고 있는 게 요즘의 추세다. 어쨌거나 준동을 겪어 본 헌터들을 지원해 주겠다니 듬직했다.

그렇게 킵보이를 들여다보며 현 상황을 보고 있을 때였다.

"재현아, 오고 있어."

재현은 무엇이 오는지 굳이 물어보지 않았다.

그는 자리에서 벌떡 일어나 메타리엔이 바라보고 있는 전방을 뚫어지도록 바라본다.

"미, 미친……."

재현은 또다시 욕을 할 수밖에 없었다.

전방에서 검은 그림자들이 모래 먼지를 일으키며 달려오고 있었기 때문이다.

검은 그림자들은 빠르게 이곳을 향해 오고 있다.

재현은 몰려오는 녀석들의 수를 보고 기겁했다.

"뭐, 뭐야 너무 많잖아!"

수가 너무 많다. 눈에 보이는 것만 해도 오백 마리는 넘어 보인다.

짐승형 몬스터에 타고 있는 고블린들이었다.

고블린 라이더라고 하던가?

재현은 이를 보고 기겁했다.

'저, 저거 C급 몬스터 아냐? 저 숫자는 아무리 봐도 너무하잖아!'

전에 습격한 몬스터들은 F~E급 몬스터들 위주였다면 지금은 C급 몬스터인 고블린 라이더들이었다.

방어력은 취약하지만, 엄청난 기동성과 집요함에 모든

헌터들이 넌더리 치는 몬스터다.

초급 헌터들에게 버거운 몬스터들이 몰려오고 있다는 소리였다.

웨에에에에엥—!

다시금 사이렌이 시끄럽게 울려 퍼지고, 대피를 위해 출발하려던 트럭이 다시 돌아왔다. 민간인들은 대피소 안으로 급히 뛰어들어가기 시작했다.

안에 대기하고 있던 헌터들도 사이렌을 듣고 황급히 뛰쳐나와 위치로 돌아갔다.

그리고 끝이 없을 것 같은 몬스터들의 수를 보고 그들의 얼굴은 곧 사색이 될 것이다.

*　　*　　*

고블린 라이더는 기동성이 좋은 짐승형 몬스터를 타고 있다.

가장 먼저 도착해 헌터들의 사이를 비집고 들어갔다.

"막아라! 몬스터들이 내부로 들어오게 해서는 안 돼!"

헌터와 군인들이 일제히 화력을 쏟아 내며 몬스터들을 상대하고 있었지만, 고블린 라이더들은 그 사이를 비집고 들어가 내부에 들어갔다.

녀석들의 목표가 뭔지 모르지만, 눈앞에서 공격하는 헌터들과 군인들을 신경 쓰지 않고 내부로 들어가는 것에 집중했다.

"모든 화력을 쏟아 부어라! 최대한 침입하지 못하도록 막아라!"

내부에 진지를 구축한 박격포 소대에서 화력을 지원한다. 그래도 역부족이었다.

녀석들은 포탄이 떨어지든, 옆에서 동료가 죽든 신경 쓰지 않고 전진만 하고 있었다.

무엇보다 박격포의 힘은 크게 받지 못했다. 녀석들은 거리를 최대한 벌려 다가오고 있었기 때문이다.

뭉쳐 있는 녀석들에게 효과적인 공격을 산개하여 피해를 최소화해 버리니 미칠 노릇이다.

내부로 침투한 녀석들까지 잡고 싶지만, 앞에서 계속 몰려오고 있어 그럴 수도 없었다.

여기서 대열이 무너지면 끝장이란 것을 다들 알고 있었기 때문이다.

잡은 녀석들에 비해 침입한 녀석들이 더 많은 게 현실이었다.

"전방에서 더 오고 있다!"

어떤 이의 외침에 모두가 다시 전방을 주시한다.

멀지 않은 곳에서 또 다른 몬스터들이 몰려오고 있었다. 이번에는 덩치가 인간보다 조금 큰 몬스터들이었다.

녹색 피부에 육중한 무기를 들고 있는 몬스터들이 달려오고 있다. 그리고 그 뒤에는 그 오크보다 1.5배 더 큰 몬스터도 있었다.

누군가 소스라치게 놀라며 소리쳤다.

"오, 오크랑 트롤?! 이번에는 오크랑 트롤이다!!"

오크. C급 몬스터들 중 가장 강력한 몬스터로, 군락을 이룬다는 오크다.

언어를 어느 정도 구사하고, 명예를 위해서라면 기꺼이 죽는 몬스터로 유명하다.

거기다 한 번 원한을 가지면 둘 중 하나가 죽을 때까지 물러나지 않는 것으로도 유명하다.

오크는 중급 헌터들이 꺼리는 몬스터 톱(Top) 중 하나다.

그리고 트롤.

B급 몬스터로 분류되는 상위 몬스터로, 녀석의 방어력과 회복력은 타의 추종을 불허하는 녀석이다.

어지간한 공격에는 끄떡하지도 않고, 상처가 생기더라도 금세 회복해 버리는 무서운 녀석이다.

가죽은 어찌나 두꺼운지 칼로 잘 베어지지 않는다.

"이건 진짜 미친 짓이야."

재현은 자신도 모르게 그렇게 중얼거렸다.

초급 헌터들은 얼굴이 더욱 사색이 되었다. 저런 몬스터들을 어떻게 상대해야 할지 벌써부터 까마득한 것이다.

숫자는 고블린 라이더보다 적지만 가장 위협적인 녀석들이다. 그런 녀석들이 지금 천천히 전진하고 있었다. 거기다 녀석들은 발까지 맞춰가며 걷고 있었다.

빠르게 오는 것도 아니고 발을 맞춰 느리게 진격하는 것은 공포감을 심어주기 위함인 것 같았다.

그것이 확실히 효과적이었는지 다들 슬금슬금 뒤로 물러났다.

초급 헌터들이 주를 이루는 이곳에서 저 녀석들과 싸워봤자 개죽음이라는 생각이 그들의 머리를 장악한다.

싸우다 죽으나 도망치다 죽으나 거기서 거기라는 생각이 그들의 마음을 더욱 약하게 만들었다.

차라리 어떻게든 도망치는 것이 살 확률이 가장 높아 보였다.

아직 남아 있던 연대장도 이를 보며 두려움이 가득한 얼굴로 정면을 응시하고만 있었다.

지휘 능력은 뛰어나지만, 저런 엄청난 등급의 몬스터들이 다가오는 걸 보자니 어떻게 해야 할지 난감해하고 있는 것이다.

"모두 주목!"

그때 누군가가 소리치며 앞으로 나왔다. 술렁이던 전장에 일순 침묵이 흘렀다. 앞으로 나선 것은 중년의 남성이었다.

"지금부터 중급 헌터 이상은 자진해서 일어나 나를 따라 저들을 섬멸시킨다."

그 말에 모두가 황당한 표정을 지었다. 도대체 무슨 생각으로 자길 따라오라고 하는 건지 이해하지 못한 것이다.

"네가 뭔데 우리한테 이래라 저래라야!"

"시발, 뒈지고 싶으면 너 혼자 가서 뒈져!"

당연히 반발이 있을 수밖에 없었다. 상당히 예민해진 상황이라 다들 말이 거칠었다.

모든 사람들이 비난을 쏟고 있을 때, 앞으로 나선 남성은 묵묵히 주머니를 뒤져 지갑을 꺼냈다. 그리고 자신의 헌터증을 꺼내 모두가 볼 수 있도록 치켜들었다.

누군가가 그 헌터증을 보고 소스라치게 놀라며 소리친다.

"마, 마스터 헌터다!"

마스터 헌터!

헌터계는 물론 국가적으로도 최고의 대우를 해 준다는

헌터다. 또한 헌터계에서 마스터 헌터라 하면 어느 나라에 가도 인정해 주는 능력자들이다.

재현은 물론이고 모든 이들의 시선이 마스터 헌터에게 집중된다.

마스터 헌터의 헌터증은 푸른색으로 덧칠되어 있는 것이었다.

마스터 헌터는 모두 정찰조로 갔다고 하는데, 꼭 그런 것이 아니었던 모양이다.

하기야, 후방에도 나타날 수 있으니 모든 마스터 헌터를 투입시키지는 않았을 것이다.

방금 전까지 그를 욕하던 이들은 말이 쏙 들어가 버렸다.

마스터 헌터는 유사시 헌터들을 지휘할 수 있는 권한을 가지고 있기 때문이다.

정당하지 않은 명령이 아닌 이상 명령을 불복하면 무슨 사유가 되었든 엄청난 불이익과 법의 심판을 받게 된다.

"마스터 헌터, 정송우다! 지금부터 나에 대한 비난을 하는 건 용납하지 않겠다."

참고로 욕을 하는 것도 마스터 헌터의 입김이 작용하면 가볍게 넘어갈 일도 가볍게 넘어가지 못할 수도 있다.

방금 전까지 욕을 쏟아 내었던 사람들의 입이 굳게 닫

혔다.

“지금부터 마스터 헌터의 권한으로 이곳에 있는 헌터들은 내가 지휘한다. 현재 이곳에 있는 마스터 헌터는 총 셋. 그중 내가 가장 서열이 높기 때문에 내가 지휘한다.”

마스터 헌터가 한 명이 있는 것도 엄청난 일인데 무려 세 명!

다들 기쁨에 찬 표정으로 그를 바라보았다. 아무것도 보이지 않는 암흑의 동굴 안에서 한 줄기의 빛을 본 것과 같은 표정들이다.

남성 말고 또 다른 마스터 헌터로 보이는 사람들이 자리에서 일어나 그의 옆에 섰다.

한 명은 여성이고, 다른 한 명은 비실비실하게 생긴 남성이다.

“마스터 헌터, 이정훈이다!”

“마스터 헌터, 김새영이다!”

비실비실하게 생긴 남성이 이정훈, 여성이 김새영이다.

송우는 소리친다.

“시간이 없으니 얼른 조를 나눈다. 중급 헌터는 여성 마스터 헌터를 따라 오크들을 처치한다. 상급 헌터 이상은 나를 따라 트롤을 소탕한다. 초급 헌터들은 이 헌터를 따라 내부에 침입한 고블린 라이더를 소탕한다. 이상! 각자 빠르게 움직여라!"

그가 명령을 내리자 헌터들이 분주히 움직인다. 이를 보던 군인들의 얼굴에는 당혹감이 서려 있었다.

뭉쳐도 어떻게 하지 못할 판에 흩어져서 싸우다니. 미친 거 아니냐는 표정이다.

초급 헌터들은 정훈을 따라 내부로 우르르 들어가기 시작했다.

"자, 자리에서 이탈하지 마라! 내부는 다른 헌터들에게 맡기고 위치를 사수하라!"

헌터들이 대거 빠져나가 연대장이 크게 소리 질렀지만, 헌터들은 이를 무시했다. 연대장이 총을 허공에 쏘려는 순간이었다.

"연대장님. 그 총 내려놓으시죠. 지금 바쁘게 돌아가는 거 안 보이십니까? 지체하면 큰일입니다."

송우였다. 그의 말 한마디에 연대장이 그를 무섭게 노려본다.

"지금 미쳤나? 다 죽고 싶어서 환장했어?!"

"연대장님이 잘 모르시나 본데, 유사시 마스터 헌터는 헌터들을 지휘할 수 있습니다. 헌터들은 그에 따라야 합니다."

"지금의 지휘권은 나한테 있다! 너희들 상부에서 내게

명령권을 부여했다!"

그러니 어서 내 말에 따라 위치를 사수하라고 소리치기 전에 송우가 먼저 선수 쳤다.

"그건 제가 나서기 전의 상황입니다. 상부에서 그런 명령이 떨어졌다 하더라도 마스터 헌터가 권한을 행사하면 어떤 명령이든 제 명령이 우선시 됩니다. 특히 그 현장에 있는 거면 무조건 따라야 합니다. 장관급이 아닌 이상 말이죠."

"뭐, 뭐라고?"

마스터 헌터의 권력이 막강하다는 말은 듣긴 했지만 그 정도일 줄은 상상조차 못 했다.

"제가 나선 이상 연대장님도 제 명령에 따라야 합니다. 그 어떤 상황에서도요. 이를 어기면 연대장님이라 하더라도 무사하지 못합니다."

마스터 헌터의 권한이 얼마나 높은지 듣긴 했지만 상상 이상이라 연대장도 조금 놀란 감이 없잖아 있다.

마스터 헌터는 한 국가에 100명이 채 되지 않는 인원밖에 없다.

그만큼 뛰어난 잠재력과 능력을 지닌 자들이 아니면 되기 힘든 것이다.

군인들 계급으로 따지면 마스터 헌터의 계급은 준장(별

하나)급 이상.

아무리 연대장이라도, 자기보다 나이가 어려도 어떻게 할 수 없었다.

"큭! 그래도 난 인정할 수 없다. 그 명령은 다 죽음으로 몰고 간다는 걸 모르는 건가!"

상대는 오크와 트롤이다. C급에서 가장 강력한 녀석과 B급에서도 거의 정상에 있는 녀석들이다.

뭉쳐서 공격해도 어떻게 될지 모르는 상황인데 마스터 헌터가 셋이 있다고 달라질까 싶었다.

중급 헌터 이상부터 그들을 따른다고 해도 그 숫자가 채 백 명이 되지 않았다. 누가 봐도 불리한 싸움이다.

하지만 그는 여유롭게 웃고 있었다. 그 미소는 자신이 있는 표정이었다.

"헌터들을 무시하지 마시지요. 헌터들은 연대장님이 상상하는 것 이상으로 강한 존재입니다. 마스터 헌터는 말할 것도 없고요. 이들이 지금 도망가려고 생각하는 것 같습니까?"

연대장은 그 말을 듣고 헌터들을 쭉 둘러본다. 그들의 눈빛이…… 변해 있었다.

방금 전 도망치려고 생각했던 이들이라고는 볼 수 없었다.

그들은 지금 투지와 자신감으로 가득했다.

숫자상으로 확실히 불리할 터인데, 그들은 전투 의지를 고양시키고 있었다. 고작 마스터 헌터라는 존재 때문이었다.

“헌터들이, 진심으로 나서면 어찌 되는지 목격하게 될 겁니다. 연대장님은 뒤에서 지켜보고 계십시오.”

그 말과 함께 송우가 몸을 획 돌리며 몬스터들을 향해 돌진하기 시작했다. 헌터들이 함성을 지르며 그의 뒤를 따라 달려간다.

‘뒤에서 가만히 지켜보고나 있으라고? 내가 네 뜻대로 해 줄 것 같나?’

연대장이 송우의 얼굴을 생각하며 인상을 찡그리더니 소리쳤다.

“전 병력 사격 개시! 몬스터들에게 최대한 피해를 입혀라! 우리도 진심으로 싸우면 헌터들에 못지 않게 싸울 수 있다는 걸 보여주자!”

그의 사격 명령과 함께 총에서 일제히 불이 뿜어지기 시작했다.

* * *

아비규환이란 말은 이럴 때 쓰는 말일 것이다.

지옥도와 같은 처참한 모습이 또다시 펼쳐졌다.

내부에 있던 헌터들은 고블린 라이더에 맞서 싸우고 있었다. 그러나 그 수가 워낙 많아 점차 대지 위에 쓰러졌다.

앞에서 몬스터들을 막아 낸 헌터들이 뒤늦게 도착했다. 허나 이미 내부는 고블린 라이더들이 사람들을 학살하고 있었다.

미처 대피소로 피하지 못한 민간인들이 그 학살 대상이 되고 있었다. 나름 저항하겠다고 무기가 될 만한 걸 든 이들도 있었다.

허나 긴 창을 들고 있는 고블린 라이더에게 어떻게 할 수 없었다.

"제가 구해 드릴게요. 그러니까 의식을 잃지 마세요."

윤정은 창에 복부를 관통당하고, 목을 물어뜯긴 헌터를 질질 끌고 갔다. 당장 응급처치부터 하기로 했다.

최대한 시야가 닿지 않는 곳에 도착한 그녀는 가지고 있던 붕대를 둘둘 감았다.

그 헌터는 피를 쏟아 내면서 그녀를 바라보고 있었다.

붕대를 감고 있지만, 출혈이 너무 심했다.

당장 수술을 받아도 생명을 장담할 수 없을 정도로 큰

상처다.

지금 상황이 너무 좋지 않다.

당장 부상자를 실어다 나를 트럭도 몬스터들 때문에 움직이지 못하는 실정이다.

몬스터들을 뚫고 가는 방법 외에는 다른 방도가 없었다. 하지만 아무런 힘도 없는 윤정이 몬스터들을 뚫고 갈 수 있을 리 없었다.

그녀는 자신이 가지고 있던 포션을 꺼냈다. 위급한 환자에게 쓰라고 준 보급품 중 하나다.

지금 뭔가를 마실 수 없는 상태여서 붕대 위에다 포션을 모두 뿌렸다.

포션을 뿌렸으니 조금 더 버틸 수 있을 것이다.

"의식을 붙들고 계세요. 사태가 진정되면 바로 병원에 보내드릴 테니까."

사태가 진정되면 어떻게든 될 거라고 생각했다. 밖에 있던 헌터들이 지원하러 왔으니 금방 소탕할 것이다.

"키익?"

그때였다. 불길한 소리가 그녀의 귀를 때렸다.

윤정의 심장이 덜컥 내려앉았다.

그녀는 천천히 뒤를 돌아보았다.

그녀의 뒤에는 어깨에 부상을 입은 고블린 라이더가 있

었다.

녀석은 그녀를 보고 두 눈이 충혈되었다.

"키아악!"

"히익!"

그녀는 주위에 널브러진 깨진 유리조각을 들고 고블린에게 겨눴다.

고작 유리 조각이지만, 무기가 될 만한 것은 이것밖에 없었다.

녀석이 천천히 다가온다.

녀석의 창은 딱 그녀를 노리고 있었다.

전투 경험이 없는 인간이 들고 있는 유리조각과 인간을 학살해 대는 고블린 라이더의 창. 무기부터 어느 쪽이 더 우위인지 누가 봐도 뻔했다.

녀석이 타고 있던 크레이지 울프의 옆구리를 박차자 그녀에게 달려든다. 녀석의 창은 정확히 그녀의 왼쪽 가슴을 향해 다가왔다!

"그로오오!"

부상을 당한 헌터가 갑자기 몸을 일으켜 그녀의 뒷덜미를 잡았다. 그리고 잡아당겼다.

고블린 라이더의 창이 표적을 잃고 허공을 가른다.

부상을 당한 헌터가 녀석의 창대를 잡더니 손을 펼쳐

내지른다.

갑작스러운 공격에 고블린 라이더는 미처 대비하지 못했다.

헌터의 손은 정확히 녀석의 옆구리를 강타했다.

녀석은 몇 미터를 데굴데굴 굴러간다.

녀석은 쓰러진 채 일어나질 못했다. 옆구리가 움푹 파인 것을 보니 내장이 파열된 것 같았다. 녀석은 쓰러진 채 입에서 피를 토하고 있었다.

푸왁!

하지만 그 헌터도 더 이상 공격을 할 수 없었다.

자신을 구해 주려던 윤정을 구하기 위해 부상당한 몸을 억지로 일으켰지만, 그 한 수가 전부였다.

그 헌터는 그대로 의식을 잃고 쓰러졌다.

"크르르!"

결국 혼자가 된 크레이지 울프가 쓰러진 헌터에게 다가간다.

헌터를 물어뜯으려는 것이다.

윤정이 유리조각을 던졌다. 갑자기 날아드는 유리조각이었지만, 녀석은 소리를 듣고 피했다.

결국 타깃이 바뀌었다. 녀석은 헌터가 아닌 윤정만을 노려본다.

위험하다.

윤정은 몸을 오들오들 떨기 시작했다.

이와 같은 상황은 8년 전에도 있었다. 그날의 악몽이 다시금 눈을 떴다.

몸이 굳어 움직이지 않고, 공포라는 감정이 판단을 막고 있었다.

입이 벙긋벙긋 움직이지만, 비명조차 나오지 않았다.

비명을 질렀다간 녀석이 달려들 것만 같은 두려움이 엄습한다.

이럴 때 생각나는 사람이 있다. 8년 전에 영웅처럼 나타나 구해 준 그 헌터와 그녀와 같이 고생하며 환자들을 돌봤던 재현이었다.

그가 자신을 구해 주었던 영웅처럼 강한지 어떤지 모르지만, 지금 떠오르는 사람 중에 재현 말고는 없었다.

"재, 재현 씨…… 무서워. 살고 싶어. 얼른 와 줘. 싫어. 죽기 싫어……."

공포에 오들오들 떨면서 그녀의 입에서 드디어 말이 흘러나왔다.

이번에야말로 정말 죽는구나 생각했다.

주위에는 아무도 없다. 헌터들이 근처에 있긴 하지만, 그들은 자신의 앞까지 다가온 몬스터들을 상대하는 것도 벅차하고 있었다.

윤정은 벌벌 떨리는 손으로 자신의 몸을 끌어안았다가 문득 이질감을 느꼈다. 목에 걸린 무언가. 그것은 호루라기였다.

'재, 재현 씨.'

위험할 때, 반드시 위험한 상황일 때 쓰라고 준 호루라기다.

제발 쓸 일이 없길 바랐지만, 막상 이 상황이 되니 그의 세심함에 감사하게 되었다.

그녀는 천천히 자신의 목에 걸린 호루라기를 집어 입에 대었다.

위기에 빠졌을 때 부르면 곧장 달려오겠다고 준 호루라기였다.

이걸 불면 반드시 오겠노라고 말했다. 그녀는 재현을 믿었다.

삐리리리리릭!

자신을 구해 줄 영웅이 들을 수 있도록 호루라기를 힘차게 불었다.

가늘고 긴 시끄러운 소리가 주변으로 퍼진다. 그것이 신호탄이 되어, 녀석이 윤정에게 달려든다.

아가리를 벌리며 달려드는 몬스터.

문을 물어뜯을 만큼 강력한 녀석의 이빨에 물리면 연약한 인간의 피부가 어떻게 될지 뻔하다.

재현은 여전히 보이지 않는다. 그녀는 이번에야말로 죽는구나 생각하며 눈을 질끈 감았다.

어렸을 때의 즐거웠던 일이나 안 좋았던 일들 모두 스쳐 지나간다.

주마등을 본 것은 이번이 두 번째다. 8년 전과 지금이다.

콱!

녀석의 깨무는 소리가 그녀의 귀를 때린다.

* * *

콱! 녀석의 이빨에 결국 물렸구나 생각했다. 바로 귀에서 들린 소리였다. 어딜 물렸는지 모르겠다.

혹시 자신이 죽을 걸 알고 몸에서 엔도르핀을 과다 분비해 고통조차 못 느끼는 건가 생각한다. 그렇다면 최소한 고통스럽게 죽을 일은 없을 것 같았다.

하지만 느낌이 뭔가 다르다.

녀석에게 물렸다면 질질 끌려가거나, 으적으적 씹히는 소리가 들려야 할 텐데, 처음 무는 소리를 빼고 아무것도 안 들렸다.

혹시나 싶어 몸을 움직여보니 몸이 자유로웠다.

"……."

결국 그녀는 눈을 살짝 떠 앞을 바라보았다.

그녀의 앞에 있는 것은 몬스터가 아닌, 금속으로 된 어떠한 벽이었다.

"어……?"

윤정은 단 한 발자국도 움직이지 않았다. 방금 전까지 이런 벽이 없었는데 갑자기 생겨나니 의아함이 눈을 뜬다.

그때 그녀의 뒤에서 목소리가 들려왔다.

"고작 잡몹 주제에 이 난리를 쳐?"

윤정은 그 목소리를 듣고 울컥 눈물이 나올 것만 같았다.

뒤에서는 청년이 인상을 찌푸리며 터벅터벅 다가오고 있었다.

그였다. 방금 전에 속으로 애타게 불렀던 그였다.

그가 터벅터벅 그녀에게 걸어왔다.

8년 전 자신을 구해 준 그 영웅처럼, 그녀의 위기에서 나타났다.

새로운 그녀의 영웅이 또다시 직면한 위기에서 구해 주었다.

윤정의 옆을 지키듯 선 그는 앞을 노려본다. 금속으로 된 벽이 잘게 부서지며 대지에 뿌려진다.

재현은 벽에 가려졌던 녀석이 드러나자 조용히, 살기를 담으며 말한다.

“죽을 각오는 하고 습격한 거지?”

스릉—.

그가 칼을 뽑아 들었다.

Chapter 08
습격하는 그림자, 방어하는 자

순식간이라는 말밖에 나오지 않았다.

재현은 칼을 뽑는 즉시, 크레이지 울프의 목에 칼을 박아 넣었다.

목에 칼을 쑥 들이밀자 녀석이 켁켁거렸다.

재현은 거기서 멈추지 않고, 썬더러에게 칼에 고압 전류를 흘리도록 했다.

고압 전류가 금속으로 된 칼을 타고 녀석의 몸속 깊숙이 침투한다.

녀석이 결국 지면에 쓰러진다.

재현은 고블린에게도 다가갔다. 피를 흘리고, 내장이

파열되어 있었지만, 혹시 몰라 확인 사살을 했다.

죽어도 이상할 게 없어 보이는 녀석들이 최후의 발악을 할 때가 있다. 방심하고 있을 때 기습을 하가 때문에 가장 위험하다.

확인 사살까지 마치고, 재현은 윤정에게 다가갔다.

그녀는 당장이라도 울음을 터트릴 것만 같은 표정이었다.

그는 소매로 그녀의 얼굴에 묻어 있는 피를 닦아 냈다.

"제가 너무 늦었죠?"

윤정은 재현을 와락 끌어안았다. 재현은 거부하지 않고 그녀를 안았다.

"와 줘서 고마워요. 정말. 너무 무서웠어요."

그는 그녀의 등을 토닥여 주었다. 호루라기 소리를 듣자마자 달려온 재현이다.

늦지 않아서 다행이라고 생각했다.

조금만 늦었어도 고블린 라이더처럼 그녀도 피를 흘린 채 누워 있었을 것이다.

고블린 라이더들은 아예 궁지에 몰린 상태다.

녀석들이 안에서 혼란스럽게 만들 생각이었을 것이다.

하지만 생각보다 빨리 민간인들이 대피소로 들어갔기 때문에 피해는 많이 생기지 않았다.

"어서 대피소로 들어가세요."

"하지만 아직 구출하지 못한 사람들이……."

"그건 저희들이 할 거니까 걱정 마세요. 밖은 더 위험한 몬스터들이 몰려오고 있어요."

재현은 윤정을 일으켜 세우기 위해 손을 뻗는다.

그녀는 그의 손을 잡아 몸을 일으켜 세운다. 하지만 그녀는 일어나지 못하고 다시 주저앉았다.

"죄, 죄송해요. 일어설 수가 없어요."

'다리에 힘이 풀렸나 보군.'

일촉즉발의 상황을 겪었으니 다리에 힘이 풀리는 것도 이상하지 않았다.

재현은 하는 수없이 두 손으로 그녀를 안아 들었다.

갑자기 그에게 안긴 윤정이 얼굴을 붉혔지만, 현재 상황에서는 어쩔 수 없는 선택이었다. 그리고 딱히 기분 나쁘거나 하지 않았다.

"저기 헌터도 데리고 가 주세요. 저 사람. 절 구해 줬어요."

한꺼번에 두 사람을 드는 것은 어지간하면 힘든 일이다. 하지만 재현은 고개를 끄덕였다.

"당연히 데리고 가야죠. 운디네, 부탁해."

운디네가 고개를 끄덕이며 수분을 모아 부피를 크게 만

들어 내기 시작했다.

수중감옥이었다. 하지만 거기에 힘을 더했다. 정령력을 투입시켜 치료수로 만들어 냈다. 정령력이 쑥 빠져나가는 게 느껴졌다.

엄청난 양의 치료수를 한꺼번에 만드는 작업이다.

정령력이 많이 드는 것도 무리는 아니다.

출혈이 심한 부상자를 물에 담그는 게 얼마나 어리석은 짓인지는 재현도 잘 안다.

그래서 치료수로 된 수중감옥에 그를 머리만 밖으로 내밀게 한 채 가뒀다.

수분이 허공으로 둥실둥실 떠올랐다.

재현이 발걸음을 옮기자 수중감옥도 그의 뒤를 따라온다. 대피소는 그리 멀지 않았다.

고블린 라이더들은 대부분 소탕된 상태였다. 헌터들의 인원이 더 많아 머릿수로 몰아치고 있었다.

아무리 등급이 높은 몬스터라고 해도 머릿수에는 장사 없는 법이다.

무엇보다 고블린 라이더는 기동성만 뛰어나지, 방어력이 매우 약한 몬스터다.

포위를 하여 공격하면 녀석들 특유의 기동성을 살리지 못한다.

*　　*　　*

몬스터들의 공격을 막아 냈다.

피해가 아주 없지 않았지만, 준동이 시작된 첫날보다 피해는 적었다.

녀석들이 땅굴에서 나오지 않은 것도 있었지만 재빨리 대피소로 들어간 것도 피해를 줄이는 데 크게 한몫했다.

그렇다고 민간인이 아예 희생되지 않은 건 아니다.

안으로 밀고 들어온 것치고는 적은 희생일 뿐이지, 희생이 따를 수밖에 없었다.

다만 민간인의 피해는 적은 반면, 헌터들의 피해가 있었다.

오크와 트롤을 상대한 헌터들 쪽이었다.

그들은 용감히 적들과 맞서 싸워 수정체를 파괴시키는 쪽으로 녀석들을 쓰러뜨렸다.

수정체만 파괴하면 녀석들은 생명이 정지한다.

그걸 노리고 무조건 수정체가 있는 심장만을 노렸다.

그 덕분에 적은 인원으로도 녀석들을 막아 낼 수 있었다.

이 일은 몬스터가 쳐들어왔어도 카메라에 담은 기자들에 의해 속보로 나가고 있었다.

기자들이 여기저기서 방금 전 있던 일들을 내보내고 있었다.

어차피 기자들이 취재하는 걸 신경 쓰는 사람은 여기서 존재하지 않았다.

민간인들의 피해가 늘어나자 정부에서는 자원봉사자들도 강원도 인제 밖으로 내보내기로 결정했다.

처음에는 남아 있기로 한 봉사자들은 별다른 제지를 하지 않고 뜻에 따라줬다.

하지만 피해가 자꾸 생겨 곤란하다 느꼈는지 빼내기로 한 모양이었다.

그 때문에 윤정은 다시 울상이 되었다.

"여기에 있고 싶은데…… 사람들을 살리고 싶은데 나가라고 하네요."

"별수 없죠. 정부가 그렇게 하라는데 따라야죠."

재현은 차라리 잘됐다 싶었다.

윤정을 구하긴 했지만, 그건 정말 운이 좋았을 뿐이다.

그것도 사실 기적에 가깝다.

그녀가 계속 여기에 있으면 언젠가 큰일 날 게 분명하다.

몬스터들의 습격은 1분 1초를 다루는 일이다.

주위가 시끄러워 그녀가 호루라기를 불어도 못 들을 수

있다.

"민간인들은 서둘러 차량에 탑승해 주세요! 마지막 수송 차량입니다. 바로 출발합니다!"

민간인 수송 차량이 도착했다. 사람들도 거의 빠져나갔다.

윤정은 마지막까지 남아 있다가 마지막 수송 차량을 타게 되었다.

"저, 갈게요."

"예. 조심히 가세요."

'아쉽군.'

재현은 그녀와 헤어지는 게 아쉬워졌다.

차량에 탑승하려던 그녀가 갑자기 뒤로 획 돌더니 그의 앞에 섰다.

윤정은 자신의 휴대폰을 꼼지락거렸다.

한동안 그렇게 있던 그녀가 조심스럽게 물어보았다.

"재현 씨. 혹시 번호…… 알려주실 수 있으세요?"

무슨 번호를 물어보는 건지 굳이 깊게 생각할 필요도 없었다. 재현은 고개를 과장스럽게 끄덕였다.

"물론이죠! 기꺼이 알려드려야죠."

재현도 그녀와 이렇게 헤어지기 아쉬웠기 때문에 휴대폰을 건네받고 번호를 찍었다.

방금 전까지 조금 울상이던 그녀가 그의 번호를 따자 얼굴이 금세 밝아졌다. 그리고 자신의 얼굴을 재현의 얼굴 가까이 들이밀었다.

그 얼굴이 너무 가까워 재현이 상당히 곤란해졌다.

"왜, 왜 그러시나요?"

"위기의 상황에서 저를 구해 주셨으니 그 답례라고 하기에는 그렇지만……."

쪽!

입술과 입술이 부딪쳤다.

"……?!"

먼저 얼굴을 가까이 다가와 입을 맞춘 것은 윤정이었다.

그녀가 설마 입을 맞출 줄 몰랐기 때문에 재현의 눈이 휘둥그레졌다.

그녀는 서둘러 그의 입술에서 입을 떼고서는 도망치듯 수송 차량으로 향한다.

"전파가 터지는 곳에 도착하면 바로 문자 보낼게요. 나중에 꼭 답변해 주세요!"

그녀가 올라타기 무섭게 수송 차량이 곧바로 출발했다.

재현은 반쯤 넋을 잃은 채 수송 차량이 사라질 때까지 그 자리에 굳은 채로 버스가 사라지는 모습을 지켜보았다.

옆에서 지켜보던 그의 정령들은 휘파람을 불며 놀려댔

다.

평소 같았으면 장난에는 장난으로 응수해 줬겠지만, 정신이 반쯤 나간 재현은 멍하니 자신의 입술을 어루만질 뿐이었다.

*　　*　　*

재현은 평소와 달리 킵보이를 들여다보는 게 아니라, 휴대폰을 들여다보았다.

전파가 전혀 터지지 않아 문자는 물론 통화도 되지 않는다.

지금은 단순히 시계 기능밖에 할 수 없는 휴대폰이지만, 그는 하루 종일 액정하고 눈싸움을 하고 있었다.

"재현아, 액정 뚫리겠어."

"전파. 아직도 안 터져서 문자는 절대 안 와."

운디네와 썬더러는 재현이 몇 시간이고 멍하니 휴대폰 액정만 바라보고 있어 옆에서 타박했다.

재현의 눈은 휴대폰에서 떨어지질 않았다.

결국 설득을 포기한 운디네와 썬더러는 그의 어깨 위에 가만히 올라탔다.

'뭐지? 갑자기 키스를 하고.'

여성이 조금만 잘해 줘도 자신에게 호감이 있다고 착각하는 게 남자지만, 여성은 그것보다 더 섬세하다고 알고 있다.

아무리 답례라고 하지만, 호감이 없는 남성에게 고맙다며 키스를 하는 건 정상이 아니다.

그렇다는 건 윤정도 자신에게 호감이 있었으니까 그런 것이라고 판단했다.

'그럼 언제부터?'

갑자기 반했다? 가능성은 있다.

자신을 구해 준 것에 마음이 설레었다? 이것도 가능성이 있다.

하지만 그는 딱 이거다 하는 느낌의 생각이 들지 않았다. 결론은 잘 모르겠다였다.

그래서 재현은 드디어 휴대폰에서 눈을 떼고 어깨에 올라탄 운디네와 썬더러를 앞에 앉혀 놓고 물었다.

"운디네, 썬더러. 혹시 윤정 씨가 날 언제부터 좋아한 건지 혹시 알아?"

누가 봐도 진지한 표정으로 묻는 재현. 운디네와 썬더러는 뭔가 알고 있는 것 같아 물어보기로 했다.

운디네와 썬더러는 조금 생각하기 시작했다. 운디네가 먼저 말을 꺼냈다.

"재현이 구해 줘서 반한 거 아냐?"

그 가능성은 있다고 생각했지만, 이거다란 느낌이 들지 않는다.

"우리 누나가 예전에 했던 말이 있어. 여자는 영화나 애니메이션처럼 남주인공이 여주인공을 한 번 구해 줬다고 바로 반하거나 하지 않는다고 하던데?"

그런 내용들은 주로 남자 시나리오 작가가 쓴 시나리오다.

이게 시장성에 잘 맞아 거의 대중화된 편인데, 만일 여성 시나리오 작가가 시장성을 따지지 않고 썼다면 내용이 아예 달라졌을지도 모른다.

"인간 여성은 뭔가 복잡하구나."

운디네도 겉모습은 여아지만 복잡하지 않았다.

감정을 알 수 있는 것도 크게 한몫하고 있지만, 자신도 쉽게 이해할 수 있기 때문에 단순하다고 보면 되었다.

아직 성숙한 생각을 못 해서 그런 것일지도 모르고, 인간이 아니라서 그런 것일지도 모른다.

"인간 남성은 엄청 단순한데, 여성은 엄청 복잡해. 얼마나 복잡했으면 여성 심리학이란 게 나왔겠어."

"인간 남성은 얼마나 단순하면 남성 심리학이 없는 거야?"

"……."

그렇게 말하니 할 말이 사라진다.

남자가 아무리 이해하려고 해도 평생 이해할 수 없는 게 바로 여성의 심리인 법.

혹시 운디네와 썬더러라면 이해하고 있을지도 모르겠다고 생각했다. 하지만 재현처럼 그들도 모르는 눈치였다.

자신보다 조금 더 일찍 알고는 있었지만, 정확히 언제부터 그랬는지 모르는 것이다.

그것이 확실해진 것은 썬더러가 곧바로 한 말 때문이었다.

"혹시. 힘들 때 옆에 있어 주고 위험한 순간 구해 줘서 반한 거 아냐? 한 번 가지고 안 되면 두 번으로는 가능할지도 모르잖아."

"……."

또다시 할 말을 잃은 재현이다. 이렇게 말하면 딱히 할 말이 없다.

그러나 틀린 말은 아닌 것 같다.

가장 힘든 순간에 곁에 있어 줘서 호감이 생겼을 수도 있다. 하지만 거기서 한 번 더.

절체절명의 위기에서 나타나 구해 주면 어떻게 보일까?

자신을 위한 슈퍼 히어로로 보이지 않을까? 마치 영화

속 여주인공이 된 것 같은 착각을…….

'그건 정말 말도 안 되는 것 같군.'

자신이 생각해도 말도 안 되는 생각이었다. 재현은 고개를 저으며 그 생각을 털어 내고 다시금 고민에 잠긴다.

결국 운디네와 썬더러도 명쾌한 해답을 내려주지 않았다.

재현은 그녀가 언제부터 자신에게 호감을 갖고 있었는지 알고 싶었다.

자신보다 먼저인지, 아니면 나중인지. 어째서 호감을 갖게 되었는지.

전부 다.

'끙…… 그런데 백날 내가 고민해 봤자 알 수 있는 게 아닌 문제잖아.'

그렇게 머리를 끌어안고 고민하고 있다가 가만히 머리에서 눈을 감고 있던 메타리엔이 말했다.

"헌터라는 것에 관심이 있다가…… 재현에게 옮겨가고…… 여러 일이 생기다 보니 좋아하게 된 거라고 생각해……."

그 말을 들은 운디네와 썬더러가 감탄하듯 메타리엔을 바라본다. 메타리엔이 한 말은 정말 생각 외였다.

"어? 그거 왠지 말 되는 거 같은데?"

명쾌하지는 않지만, 뭐랄까. 이거다! 싶은 느낌이 들었다.

확실히 그녀는 처음에 자신에게 이것저것 물었다.

초능력, 헌터들은 주로 어떤 걸 사냥하는지, 처음 몬스터를 사냥했을 때 어땠는지 등등.

굳이 숨길 것도 없어서 말해 준 게 어느덧 자신에 대해서 말하게 되고, 그렇게 서로에 대한 정보를 알게 되었다.

"그런데도 뭔가 부족한 느낌이네."

"나도…… 그냥 추측을 한 것뿐이야…… 사실을 알고 있는 건…… 윤정이 뿐이야……."

메타리엔은 그러더니 또 다른 것을 제시했다.

"그것도 아니면…… 극도의 공포에 의해 떨리는 게 설레는 거라고 착각해서 좋아하게 된 경우도……."

"실제로 그런 일이 있긴 있었다고 인터넷에서 본 것 같은데, 그건 범죄에서 일어난 거잖아!"

재현은 황당하다는 표정이지만, 하하 웃었다. 어차피 자신이 백날 고민해 봐야 알 수 없는 일이다.

본인이 직접 말해 주지 않는 이상 재현이 생각하는 것들은 추측일 뿐.

그렇다고 직접 말하기도 그렇다. 윤정이 곤란해하는 것도 있지만, 대 놓고 그렇게 묻는 것도 창피한 일이다.

그녀와 사귀고서 묻는 것도 그렇고…… 그래, 서로 익숙해질 정도로 간 사이면 편하게 물을 수 있을 것 같다.

예를 들어 이미 갈 때까지 갔다든가…….

'내가 미쳤지. 솔직히 이건 너무 많이 갔다.'

재현은 고개를 저으며 잡념을 떨쳐 냈다.

아직 확실치 않은 건데 그렇게까지 생각한 정도면 재현도 윤정에 대한 마음이 큰 모양이다. 하지만 한 번 그렇게 생각해 버리니 자꾸 이상한 걸 상상해 버린다.

"아, 재현이 얼굴 붉어졌다."

"재현이 야한 생각하고 있나 봐."

썬더러의 말을 듣고 재현의 얼굴이 더욱 붉어져 버렸다.

서로의 감정을 공유할 수 있기 때문에 자신이 야한 생각을 하면서 느낀 흥분이나 감정이 정령들에게도 느껴진다.

'내가 미쳤지. 애네들 소환한 상태에서 야한 생각이나 하고. 지금 이럴 상황도 아닌데.'

정령들과 감정을 공유하고 있는 것은 여러모로 불편한 점이 많았다.

*　　*　　*

최근 설악산에서 F~E급 몬스터들을 찾아보기는 거의

드물었다.

이유를 설명하자면, 가장 많으면서 쉽게 잡을 수 있던 몬스터였기 때문이다.

일반인들도 잡을 수 있는 것이 F몬스터다. 또한 괴수용 탄이 아닌 일반 실탄으로도 충분히 잡을 수 있다.

초능력을 가진 수습 헌터와 초급 헌터들은 당연히 쉽게 해치우는 게 가능했다. 중급 헌터들은 말할 것도 없다.

거의 모든 헌터들이 집중된 곳이 되었으니 아무리 많아 봤자 상대가 될 리가 없었다.

멸종시키다시피 학살했는데 무인 몬스터 관측 위성기에서 등급에 관계없이 다수의 몬스터들이 한 지점에 모이는 것을 포착했다.

헌관위 장관은 통제실에서 이를 지켜보고 있었다.

"녀석들이 총공격 준비를 하고 있다. 아마 마지막 싸움일 것이다."

그도 노련한 헌터 중 한 명이다. 각국의 몬스터 준동을 여러 차례 참전해 봤고, 공을 세운 전과가 있다.

마스터 헌터와 헌터계의 상부는 바쁘게 돌아갔다. 길고 길었던 마지막 싸움이다. 드디어 녀석들이 최후의 공격을 하려고 하고 있는 것이다.

몬스터 준동이 일어나 우두머리를 먼저 잡지 않고 천천

히 소탕해 나가다 보면 녀석들이 총공세를 펼칠 때가 종종 있다.

모든 몬스터들이 최후의 공격을 하기 위해 한곳으로 쏟아져 들어온다. 그리고 그곳에는 반드시 우두머리가 있으며 전투에 참전한다.

최후의 저항이자 반격이다. 가만히 죽지 않겠다는 심보처럼 보일 수 있을 정도로 무식한 공격이다.

아무것도 모른 상태로 습격을 받으면 아무것도 하지 못하고 당할 숫자다. 하지만 이미 알았다면 얘기는 달라진다.

"지금 당장 몬스터들의 이동 경로를 알아내서 사방을 포위해 공격한다. 한 녀석도 남김없이 전멸시킨다."

헌관위 장관의 명령이 빠르게 하달되기 시작했다.

*　　*　　*

시간이 흘러 몬스터 준동이 시작된 지 한 달이 다 되어 갔다.

각국에서 파견 온 헌터들은 강원도 인제에 와서 몬스터들을 소탕하는 것에 힘쓰고 있었다.

미국은 무인 몬스터 관측 위성기까지 들여와 몬스터들을 탐지하고 있다는 소식이 들렸다.

무인 몬스터 관측 위성기는 전방 50킬로미터의 몬스터들을 모두 탐지해 낼 수 있는 어마어마한 녀석이다.

한국에는 없는 것이다. 주로 부유한 국가들만 사용하는 녀석이다.

이유는 단순하다. 엄청 비싸기 때문이다.

구입 비용도 구입 비용이지만, 유지비도 어마어마하다고 알려져 있다.

정확한 건 모르지만 한 달 유지비용이 한 대에 몇 천만 달러나 한다고 한다.

원화가 아닌 달러다.

한국 돈으로 수백억 원이란 소리다.

한 달에 그 정도 들어가는 걸 한국에서 운용한다는 건 어림도 없는 얘기다.

돈이 넘치는 나라들이나 몇 대씩 운용하지, 한국은 한 대 운용하기도 벅찰 것이다.

몬스터들을 식별하는 즉시, 모든 헌터들에게 몬스터의 위치, 진격 방향 등을 알려 주었다.

만일 대규모 움직임이 보이면 자동으로 경보가 울리게 되어 있었다.

열 감지 능력이 얼마나 뛰어난지 땅속에 있는 몬스터까지 감지할 수 있다고 할 정도다.

덕분에 몬스터들의 위치도 쉽게 파악되어 가장 취약한 쪽부터 공략이 가능해졌다.

한층 수월하게 몬스터들을 대비할 수 있었다.

미리 오고 있다는 걸 알 수 있으니 대비도 철저히 할 수 있는 것이다.

또한 어떤 종류의 몬스터가 오는지도 확실히 알 수 있어 희생자는 점점 줄어들었다.

다들 싸움에 익숙해지고 있어 희생자들이 줄어든 것도 한몫하고 있을 것이다.

재현도 마찬가지. 이제 몬스터라면 신물이 날 정도였다.

몬스터 준동이 이렇게 오랫동안 지속될지 몰랐다.

산이 많은 대한민국 특성상 오래 걸리는 것도 무리는 아니다.

산에 숨으면 녀석들을 발견하기 어려워지니까.

초원이나 지평선이 보이는 나라들은 쉽게 몬스터들을 발견하여 빨리 끝낼 수 있는 거지, 산이나 정글로 이루어진 나라는 오래 걸리는 건 어쩔 수 없을 것이다.

처음에는 뒤로 후퇴를 거듭했지만, 점차 숫자를 줄이니 설악산까지 다시 녀석들을 몰아세웠다.

진료소는 처음 설치된 곳보다 먼 곳에 있었다.

또 몬스터들이 습격할지 모르기 때문에 최대한 멀리 설

치한 것이다.

재현은 이번에 토벌조에 들어가긴 했지만, 임무는 같았다. 이번에는 진지에서 아군을 치료하는 역할이다.

진료소가 아니란 것 빼고는 변함이 없는 것이다.

'윤정 씨는 다시 진료소에 있다고 하는데…….'

윤정은 다시 강원도 인제에 들어왔다. 부족한 의약품을 받아 온 헌터에게서 윤정에 대해서 들었기 때문이다.

몬스터들을 거의 다 소탕하고, 안전이 확보되었다.

민간인들을 인제 밖으로 내보내던 것이 다시 해제되면서 그녀는 다시 의료 봉사를 할 수 있게 된 것이다.

덕분에 지금도 그녀는 자신이 배운 의료 능력을 마음껏 뽐내고 있었다.

물론 정식 의사 자격증이 없어 수술 같은 것은 아직 못하지만, 배운 것들을 기탄없이 발휘하고 있었다.

어차피 몬스터들을 궁지에 몰았으니 다시 후방 쪽이 대규모로 습격받는 일은 없을 것이다.

웨에에에에엥—!

다시 사이렌이 시끄럽게 울리기 시작했다.

[내부에 있는 헌터들에게 알립니다. 현재 동쪽에서 몬스터들의 움직임이 포착되었습니다. 다수의 몬스터들이 진격해 오고 있으니 토벌조의 헌터들은 집합하시기 바랍

니다. 다시 한 번 말씀드립니다…….]

재현은 물론이고, 진지 안에 있던 헌터들이 밖으로 뛰쳐나온다.

하지만 어떤 상황도 바뀌지 않는다. 녀석들이 조기에 움직이는 걸 파악할 수 있을 뿐, 달라진 건 없다.

싸워야 하는 건 변하지 않았다.

* * *

"이건 정말 너무하는 거 아냐?"

숫자가 압도적이라 할 만큼 어마어마한 전력이 다가오고 있었다.

수백 마리가 아니라 수천 마리는 되어 보이는 몬스터들이 진격해 오고 있었다.

녀석들은 해가 가라앉은 저녁에, 달빛이 적은 초승달에 시기를 맞춰 쳐들어오고 있었다.

노린 건지, 우연인지 모르겠지만 적절한 시기를 조율했다고 볼 수 있었다.

하지만 녀석들의 진격 방향을 알아내기 무섭게 조명탄을 이곳으로 일제히 집중시켜 밤하늘을 밝게 비추고 있었다.

대낮처럼 밝게 비춘 조명탄들은 마치 여러 개의 해가 떠 있는 것 같았다.

"모두 주목! 상부에서는 이것이 몬스터들의 최후의 공격으로 판단하고 있다. 우두머리는 오우거로 밝혀졌고, 녀석들을 포위해 전멸시켜 준동을 끝내겠다고 한다."

그렇게 크게 말한 것도 아닌데, 모든 이들의 귀에 마스터 헌터의 목소리가 선명히 들렸다.

"일제히 몰아붙이는 게 이번 작전의 핵심이다. 지원이 오려면 시간이 걸리기 때문에 그때까지 우리가 시간을 벌어야 한다."

그거참 어렵다는 생각이 든다. 시간 벌기라니.

여기서 차를 타고 오는 데 얼마 걸리지 않을 테니 금방 도착할 거라고는 생각하지만, 저 숫자는 확실히 부담이 된다.

약한 몬스터들이 많긴 하다만, 그래도 숫자로 녀석들을 압도할 수가 없었다. 아무리 약해도 숫자가 많으면 확실히 무섭긴 무섭다.

바리케이드가 있고, 지뢰나 크레모아 같은 게 설치되어 있다고 하지만, 그걸로 얼마나 줄일 수 있을지 모르겠다.

"군에서도 화력을 지원해 준다고 한다. 어지간한 몬스터들은 포격에 사라질 거고, 우리는 진짜배기들하고만 싸우면 된다. 마스터 헌터는 우두머리를 잡는 것에 집중한다. 운이 좋아 우두머리 녀석을 바로 발견해 해치운다면 우리만으로 녀석들을 해치울 수 있을 것이다."

제발 그렇게 됐으면 하는 게 모든 헌터들의 심리다.

"자, 그럼 브리핑은 끝났으니 각자 위치로 돌아가라!"

재현은 브리핑이 끝나자 의무실로 향했다. 약품을 바리바리 꺼내 들었다.

전투가 시작되면 부상자들이 속출할 테니 즉각 응급처치를 할 수 있도록 밖에 꺼내 놓는 것이다.

"몬스터가 온데요?"

한 헌터가 그에게 물었다. 변신계 초능력자다.

이름은 남규식, 재현과 동갑이다.

사교성이 꽤 좋아 처음 입원했을 때부터 입원한 사람들과 죄다 친해져 버렸다.

치료를 맡고 있는 재현도 마찬가지였다.

그는 고개를 끄덕였다.

"좋은 소식부터 들으실래요, 아니면 나쁜 소식부터 들으실래요?"

"좋은 소식부터요."

재현은 방금 전 들은 내용을 말해 주었다.

"이번이 마지막 싸움이 될 거라고 하는데요? 녀석들이

우두머리까지 끌고 와 총공세에 나섰데요. 그 때문에 여기저기 흩어졌던 헌터들이 이곳으로 지원을 오고 있다고 해요."

"정말요? 이야, 계속 밀리다가 궁지에 몰렸으니 최후의 발악을 시작하는 건가?"

헌터들은 몬스터 준동이 시작된 이후로 그에 몬스터 준동에 대한 정보를 입수하기 바빴다.

겪어 보지 않은 사람들이며 잘 몰랐던 사실을 알았을 때는 재현도 몇 가지 놀란 것이 있었다.

그중 하나가 바로 최후의 항전이라 불리는 것이다.

몬스터들이 궁지에 몰렸을 때, 우두머리를 포함해 모든 몬스터들이 인간을 향해 공격하는 것이다.

몬스터 준동의 시작은 모든 몬스터들이 사방으로 쏟아져 내려오는 것이라면, 최후의 항전은 모든 몬스터들이 한곳을 집중적으로 공격하는 것이다.

헌터들은 이것을 비꼬아 최후의 발악이라 말하곤 한다.

아무 생각 없이 한쪽만 공격하기에 포위만 하면 싹 잡을 수 있기 때문이다.

우두머리는 어디에 숨었는지 보이지 않고, 몬스터들은 거의 다 소탕했으니 상부에서는 이것만을 기다리고 있었다.

그 기다림이 드디어 오늘로서 맺어진 것이다.

"그럼 나쁜 소식은요?"

"몬스터가 엄청 많더라고요. 정확히 세어 보지 않아 잘 모르지만 수천 마리는 되어 보였어요. 그중 C급 몬스터 이상도 꽤 되어 보였고요. 우리는 시간을 벌어야 된데요."

"……많긴 많네요."

F~E급 몬스터가 수천 마리가 있어도 무서울 것이다. 그런데 C급 이상의 몬스터들도 다수 있다니.

"최대한 시간을 벌겠다고 하더라고요. 아마 오늘 밤은 좀 길 거예요."

"이왕이면 여자랑 긴 밤을 보내고 싶은데 몬스터랑 보내네. 어휴. 거기다 부상을 당해 싸우지도 못하고."

규식은 고개를 절레절레 흔들었다.

과거에 복싱 대회에 나갔을 때 다친 어깨를 또 다쳤기 때문이다. 심하게 다친 건 아니지만, 당장 제대로 된 힘을 쓰지 못해 전투에 참전시키지 않고 있었다.

변신계 능력자다. 듣기로는 변신할 땐 호랑이가 된다고 하는데, 그는 변신을 하면 사족보행을 하게 된다.

다친 어깨 때문에 움직임에 제한이 될 테고, 그 때문에 힘도 제대로 발휘하지 못하니 몬스터들에게 집중 공격을 당할 게 뻔하다.

지금은 많이 호전되었지만, 아직 전투하기에는 이르다.

다 낫지도 않고 괜찮은 것 같다 판단해서 전투에 나섰다가 더 다치면 곤란해지는 건 규식이었다.

그는 자신의 어깨를 원망하며 자리에서 벌떡 일어났다.

"일단 도울 수 있는 건 도울게요."

참고로 규식은 가만히 있는 걸 싫어하는 성격이다. 뭔가 할 일이 있으면 재현을 돕고는 한다.

그럴 때마다 재현은 거절하지 않았다.

"도와주시면 감사하죠."

* * *

헌터들은 침을 꿀꺽 삼키며 눈앞에서 다가오는 몬스터들을 응시했다.

하늘에서 무언가가 빠르게 내려와 박히더니 몬스터들 사이에 폭발이 일어난다.

어딘가에 매복하고 있는 관측병이 무전을 보내 위치를 말해 주고, 일제히 사격하고 있는 것이다.

폭발과 함께 몬스터들이 하늘로 비상하다 추락한다. 이를 보고 헌터들이 휘파람과 환호성을 질렀다.

한 발 한 발 터질 때마다 시원하게 쓰러지니 감탄이 절로 나온 것이다.

나름 거리를 벌리고 오는 것 같지만, 이곳은 지형이 좁은 곳이 많다.

거리를 벌리는 것도 한계가 있기 때문에, 녀석들은 어쩔 수 없이 뭉쳐서 다니는 구간이 생길 수밖에 없었다.

그곳을 위주로 노리니 몬스터들의 피해가 많아졌다. 하지만 녀석들은 진격을 늦추지 않았다.

포격이 시작되는 즉시 진지를 향해 달려들었다.

"무슨 저글링 떼처럼 쳐들어오네!"

지뢰와 크레모아가 터져도 녀석들은 멈추지 않았다. 하지만 앞에는 철조망과 바리케이드가 세워져 있었다.

녀석들은 앞에 있는 장애물을 신경 쓰지 않고 달려들었다. 완전히 미친 것처럼 보였다.

철책에 달려들어 자신의 몸을 희생해 다른 몬스터들에게 길을 만들어 주고, 바리케이드를 들이박아 부수려고 했다.

하지만 바리케이드는 몇 겹이나 쌓아 뒀기 때문에 쉽게 부서지지 않는다. 거기다 녀석들은 진지로 올라오면서 상당히 지친 상태다.

온전한 상태에서 부수는 것도 힘들 텐데, 지친 상태에서 바리케이드를 부수는 건 어림도 없는 것이다.

그럼에도 녀석들은 절대 멈추는 경우가 없었다. 이게

몬스터의 무서움을 보여 주는 예시일 것이다.

마스터 헌터들은 잘하면 희생을 적게 치른 상태로 끝낼 수 있다고 생각하고 있을 때였다.

"트, 트롤이다!"

좌측에서 누군가 크게 소리친다. 트롤의 숫자는 열 마리 정도 되었다.

녀석들은 뭉쳐 다니지 않고 따로따로 떨어져 바리케이드를 부수려 하고 있었다.

"1차 방어선에 있는 헌터들은 뒤로 후퇴하라! 트롤에게 화력을 집중하라! 바리케이드가 무너지면 안 돼!"

마스터 헌터의 외침에 원거리에서 공격할 수 있는 헌터가 트롤을 집중적으로 노렸다.

쓰러지는 트롤도 있었지만, 결국 바리케이드를 부수는 녀석들도 있었다.

바리케이드가 부서지자 몬스터들이 일제히 들어오기 시작했다. 1차 방어선이 뚫렸다.

1차 방어선에 있던 헌터들이 2차 방어선으로 일찍 후퇴해 아직 몬스터에게 당한 헌터들은 없었다.

2차 방어선에도 바리케이드가 설치되어 있어 또다시 막혔다. 헌터들은 트롤들을 노렸다. 바리케이드를 지키기 위해서였다.

트롤을 집중적으로 노린 덕분에 녀석들은 2차 방어선의 바리케이드에 오기 전 쓰러지고 말았다.

하지만 트롤이 모두 쓰러졌다 해서 안심하기에는 아직 일렀다. 아직 녀석들에게는 오우거란 몬스터가 남아 있다.

오우거가 괜히 A급 몬스터가 아니다. 거의 모든 데미지를 다 흡수하기 때문이다.

어지간한 공격은 절대 먹히지 않으며 마스터 헌터도 두 명 정도 달려들어야 잡을 수 있는 게 오우거다.

그 녀석이면 헌터들에게 집중 공격을 당해도 아무렇지 않을 게 분명했다.

"오, 오우거다! 오우거가 나타났다!"

트롤이 모두 쓰러지니 드디어 우두머리가 나타났다.

마스터 헌터들은 이때를 노렸다. 마스터 헌터들이 각자 소지하고 있던 무기들을 꺼내 들었다.

오우거만 잡으면 나머지 몬스터들은 오합지졸이 되어버린다.

우두머리를 잃은 몬스터들을 상대하는 건 매우 쉬운 일이다.

그들이 재빨리 오우거를 잡으려고 할 때였다.

"뭐, 뭐야! 오우거가 세 마리?! 오우거가 세 마리나 있다!"

우두머리는 분명 오우거라고 했다. 헌데 오우거의 숫자가 세 마리나 되었다. A급 몬스터 중 상위에 위치한 녀석이 무려 세 마리.

그 말을 듣고 놀란 것은 마스터 헌터였다.

'우두머리는 하나의 개체만 존재하는 게 몬스터 준동의 정설인데?!'

이러한 전례는 없었다.

전례가 없다 해서 앞으로도 이럴 거라고 장담할 수 없다.

하지만 여기서 냉정하게 생각하면 더 큰일이 될 수 있다.

만일 오우거가 우두머리가 아니라면?

오우거보다 강력한 녀석이 우두머리라면?

자신들이 상상한 것보다 더 큰 참사가 일어날지도 모른다.

분명 상부에서는 우두머리의 존재가 오우거라고 했다. 그러나 그것이 잘못 알아낸 정보면 큰일이다.

오우거보다 강력한 몬스터가 우두머리라면 여러모로 골치가 아파질 게 뻔하기 때문이다.

제발 아니길 빌며 새로운 전례이길 바랐지만, 현실은 그들을 배반했다.

"크워어어어!"

몬스터들의 무리속에서 더욱 덩치가 크고 흉포하게 생

긴 녀석이 울부짖었기 때문이다.

마스터 헌터들은 그 몬스터를 보며 곤란한 표정을 지었다.

"트윈 헤드…… 오우거!"

* * *

땅을 울리는 큰 폭음이 울려 퍼졌다.

3차 방어선까지 설치되어 있던 소이탄을 일제히 터트린 것이다.

방어선에 들어온 몬스터들을 일제히 불태워 없애 숫자를 줄이는 소리다.

재현이 부상자들을 옮기고 있을 때, 밖에서부터 들려오는 그 소리에 놀랐다.

소리에 놀란 것이 아니었다.

그게 터졌다는 것은 3차 방어선마저 뚫렸다는 얘기기 때문이다.

"엄청 고전하는 모양이네요. 벌써 3차 방어선까지 뚫린 걸 보면요."

같이 부상자를 옮기던 규식의 말에 고개를 끄덕였다. 아직 방어선은 전부 뚫린 게 아니었다.

4차 방어선까지 구축했다. 3차 방어선이 뚫렸다는 것은, 다르게 말하면 이제 마지막 방어선만 남았다는 얘기였다.

그것마저 뚫리면 모든 몬스터들이 이곳으로 들이닥칠 것이다.

이미 몇몇의 몬스터들은 진지까지 난입해 들어왔다.

헌터들을 뚫고 들어온 일부였다.

녀석들이 재현을 보자마자 달려들었다. 규식이 나서려고 하자, 재현이 제지했다.

"제가 잡을게요."

난입한 녀석들은 재현도 익히 아는 몬스터다. 홉 고블린이다.

재현은 정령들을 소환했다. 언제 4차 방어선이 뚫릴지 모르니 이왕 이렇게 된 거 지금부터 다 소환하자고 생각했다.

녀석들은 굳이 복잡하게 공격하지 않아도 되는 몬스터였다.

"썬더러, 라이트닝 볼."

녀석들의 주위에 동그란 전격이 생성되며 감전시킨다.

그게 끝이었다.

녀석들은 단지 썬더러의 라이트닝 볼에 맞고 쓰러졌다.

아무리 부상을 당한 녀석들이라도 너무 쉽게 쓰러뜨리지 않았나 하는 생각이 없잖아 있었다.

'음…… 확실히 강해지긴 강해졌구나, 나도.'

홉 고블린을 상대했을 때 운디네밖에 없던 재현이다. 하지만 썬더러가 공격하니 녀석들은 단 한 방에 저세상으로 보내 버렸다.

운디네로 공격했어도 같은 결과가 나왔을 것 같았다.

운디네가 동시에 여러 마리를 공격하는 공격이 없어서 그렇지, 지금이라면 어렵지 않게 사냥할 자신이 있었다.

규식은 이를 보고 그를 바라보았다.

"초급 헌터라고 하지 않으셨나요?"

참고로 규식은 중급 헌터다. 아무리 어깨를 다쳤다지만 홉 고블린 정도면 마찬가지로 몇 방에 보낼 수 있었다.

"네. 맞는데요?"

"아니…… 너무 쉽게 잡으시기에…… 중급 헌터가 일부러 초급 헌터라고 말했나 싶어서요."

"굳이 속일 필요가 있나요?"

딱히 속일 필요는 없다. 자신의 헌터 등급을 올렸으면 올렸지 내려서 속이는 경우는 거의 없으니까.

"나중에 중급 헌터 심사 봐 보세요. 방금 전 공격은 중급 헌터급 위력 같은데요. 제가 보기엔 중급 헌터들 중에서도 상위에 속할 정도로 보이던 위력이던데요?"

"에이. 설마요."

"아뇨, 정말로요."

규식은 장난이 아니라는 듯 진지하다고 말했다.

재현은 자신이 어떻게 중급 헌터의 위력을 낼 수 있냐는 듯 고개를 저었다.

중급 정령도 부리지 못하는데 벌써부터 무슨 중급 헌터란 말인가.

아직 자신은 부족하다고 생각했다.

그래도 그가 진지하게 말했으니 이 사태가 끝나면 한번 헌터 양성소로 가서 제대로 측정해 보기로 했다.

부상자를 안전한 곳에 옮기고, 다시 밖으로 나왔을 때였다.

"4, 4차 방어선이 뚫렸다!"

그 말이 들리기 무섭게 헌터들이 우르르 진지에 들어온다. 근처에서는 몬스터의 괴성과 싸우는 소리가 주위를 가득 메운다.

소리가 더 커진 것을 보니 정말 4차 방어선이 뚫린 모양이다.

"이런, 절대 안 뚫릴 거라고 장담하더니, 결국 뚫렸나 보네!"

3차 방어선이 뚫린 지 얼마나 되었다고 벌써 뚫린단 말인가! 상당히 복잡하게 돌아가고 있는 모양이다.

헌터들이 항전을 했지만, 몬스터들은 계속해서 밀고 들어왔다. 몬스터들이 그리 강한 것도 아니고, 수가 지금은 많지 않은데 이렇게 밀리고 있는 게 이해가 되지 않았다.

허나 머지않아 그 이유를 알 수 있었다. 바로 출입문 앞에 어떤 거대한 몬스터가 등장했기 때문이다.

"저, 저게 뭐야! 머리가 두 개 달린 오우거라니?!"

규식은 물론이고, 재현도 그 덩치를 보고 입을 다물 줄 몰랐다.

오우거를 본 적 없는 재현이지만, 머리가 최소한 하나란 것은 알고 있다.

재현은 저게 어떤 몬스터인지 확인을 위해 레이저를 쏴 녀석의 정보를 확인했다.

이름: 트윈 헤드 오우거

종류: 오우거과

등급: A+

-머리가 두 개가 달린 오우거. 일반 오우거보다 덩치가 크고, 힘이 세다. 또한 두 개의 머리는 하나의 신경으로 이어져 있어 시야를 넓게 가질 수 있다. 강력한

마법 공격이 아니면 아무런 피해를 받지 않을 정도로 강한 내성을 지니고 있다. 매우 흉포하고 동족도 잡아먹기로도 유명하다. (Tip. 매우 강력하니 어쩔 수 없는 상황이 아니면, 마스터 헌터라도 3인 이상이 아니면 절대 싸움을 피할 것.)

"……."

A+ 등급의 몬스터. 팁에 쓰여 있는 것이 재현에게 강한 인상을 줬다.

마스터 헌터라도 3인 이상이 아니면 절대 싸우지 말란다.

어떻게 공략하는 것이 아니라, 아예 싸우지 말라는 경고문이다.

재현은 얼마나 강했으면 저렇게 설명을 해 놓았을까 생각한다.

"자, 잠깐. 녀석이 오고 있어요!"

잠깐 멍하니 있을 때, 규식이 그렇게 소리쳤다.

그제야 정신을 차린 재현이 화들짝 놀라며 정면을 바라본다.

녀석이, 트윈 헤드 오우거가 헌터들을 뚫고 이쪽으로 달려오고 있다! 헌터들은 감히 녀석에게 맞서지 못하고 길을 열었다.

"이, 이런 미친! 덩치에 안 맞게 뭐가 저리 빨라!"

킵보이에 잠시 한눈을 판 사이에 녀석이 달려오는 것을 보는 게 늦어졌다. 피하는 건 늦은 것 같다.

"꽉 붙잡아요!"

규식이 능력을 사용한다. 그의 모습이 반쯤 호랑이로 변했다. 그는 재현을 안고 옆으로 재빨리 피해 냈다.

트윈 헤드 오우거의 주먹이 방금 재현이 있던 곳에 작렬한다. 쿵! 하는 소리와 함께 땅이 움푹 파였다.

만일 규식이 도와주지 않았다면 형체도 알아보지 못하게 변했을 것이다.

"윽! 내 어깨."

급한 마음에 다친 어깨로 그를 든 규식. 재현은 자신 때문에 어깨가 악화된 건 아닌지 걱정이 들었지만, 지금 그를 걱정할 때가 아니었다.

녀석이 다시 재현을 쳐다보았기 때문이다.

눈만 마주쳤을 뿐인데 당장이라도 오줌을 지릴 것 같았다.

지금껏 몬스터들을 보면서 느끼지 못했던 것이었다.

다리가 굳은 것처럼 움직여지지 않았다. 다리가 쉴 새 없이 벌벌 떨린다.

오금이 저려 움직이지 못한다는 게 뭔지 지금에서야 알게 되었다.

규식도 마찬가지였다. 녀석과 눈을 마주치니 재현처럼 그 자리에 선 채 움직이질 못했다.

녀석이 손을 들고 그들의 앞에 선다.

이대로 손을 내리칠 모양이었다. 그걸 알면서도 그 둘은 움직이질 못했다.

자신의 다리가 마치 다른 의식을 지닌 것처럼 느껴졌다.

이제 끝인가 생각하고 있을 때였다.

"거기 두 사람 도망쳐!"

누군가 그들을 향해 외치고, 바람이 그 둘의 앞에서 폭발하며 그들을 뒤로 날려 보냈다. 무슨 일이 있던 건지 모른 채, 그들은 데굴데굴 뒤로 굴러갔다. 재현과 규식은 누가 먼저라고 할 것 없이 동시에 벌떡 일어났다.

거의 10미터 넘게 구른 것 같았는데 어떤 곳도 다치지 않았다. 그들은 멍하니 트윈 헤드 오우거를 보았다. 그리고 두 눈이 휘둥그레졌다.

녀석의 오른팔에서 이변이 생겼기 때문이다. 녀석이 들고 있던 오른팔이 피를 뿜고 있었다.

"크워어어!"

녀석이 고통스러워 괴성을 지른다. 그러나 거기서 끝이 아니었다.

또 다른 이가 나타나 녀석의 왼쪽 팔에 두꺼운 족쇄를 던졌다.

족쇄는 녀석의 팔에 정확히 채워지고, 잠겼다.

인간이 들 수 있는 건가 싶을 정도로 두꺼운 이음새로 이어진 족쇄였다.

하지만 그것을 들고 있는 것은 분명 인간이고, 던진 것도 인간이다.

"이 녀석. 여기 있었구나?"

그때 또 나타난 이는 일전에 대규모 몬스터의 공격에서 대령을 재치고 지휘한 마스터 헌터, 정송우였다. 그는 머리에 피를 흘리고 있었지만 무섭게 녀석을 노려보고 있었다.

송우를 보고 재현은 그들이 누구인지 알 수 있었다. 마스터 헌터들이었다.

송우는 땅을 박차고 녀석의 어깨 위에 올라탔다.

녀석이 팔을 들어 그를 잡으려고 했지만, 족쇄를 채운 헌터가 꽉 붙잡고 있었다.

……나무를 뿌리째 뽑을 수 있다고 알려진 오우거보다 강한 녀석을 움직이지 못하게 잡아 두는 건 신기한 장면이었다.

송우의 검에서 푸른 기운이 머물고, 그 기운이 또 다른 검을 만들어 낸다. 그걸 본 규식이 경악했다.

"거, 검기?! 저건 중국 쪽의 최고의 기술인데? 배운 건 둘째치고 어떻게 저걸 한국인이 저런 경지에?!"

뭐가 뭔지 모르는 재현은 당연히 놀라지는 않았지만, 일단 대단한 거구나 생각을 했다.

서걱!

송우는 녀석의 머리를 동시에 가로로 베었다.

녀석의 목이 대지에 떨어지고, 육중한 몸뚱이가 허수아비처럼 쓰러졌다.

*　　*　　*

몬스터 대준동이 끝났다. 트윈 헤드 오우거의 사망으로 몬스터들이 혼란스러워하며 일사불란하게 도망쳤다.

하지만 뒤늦게 도착한 지원 병력이, 남은 몬스터들마저 해치워 설악산에 있는 모든 몬스터들을 궤멸시킬 수 있었다.

설악산 재난 본부는 공식적으로 몬스터 대준동이 끝나고 인제 재해 복구 본부로 바뀌었다. 이번에는 강제 동원이 아닌 헌터들에게 정식으로 재해 복구 의뢰를 넣었다.

생각보다 의뢰금을 많이 줘서 많은 헌터들이 의뢰를 받아들였다.

일상으로 돌아가길 원했던 헌터들은 다시 집으로 갈 수 있었다. 재현도 마찬가지로 전파가 잡히는 곳에 도착하자마자 부모님께 연락을 드렸다.

엄청나게 격렬했던 이번 몬스터 준동으로 꽤 걱정을 하신 모양이었다.

어디 다친 곳이 없어서 다행이라는 말을 듣고, 가족들이 그동안 자신을 얼마나 걱정했는지 알 수 있었다.

긴 통화를 마치고 재현은 메시지를 확인했다. 메시지가 몇 통 도착해 있었다. 몇 개는 스팸 문자였지만, 한 통은 모르는 번호로 온 것이다.

[재현 씨, 저 윤정이에요. 이게 제 번호예요. 일이 끝나면 바로 전화 주세요. 기다리고 있을게요.]

그녀의 문자였다. 재현은 망설이지 않고 그녀의 번호를 바로 저장한 후, 그녀의 연락처를 불러온다. 통화 버튼만 누르면 되지만, 그는 어째서인지 망설이고 있었다.

"왜 그래?"

운디네의 물음에 재현이 머리를 긁적인다.

"아니, 만나고는 싶은데 어떤 명분으로 만날지 고민돼서."

그의 말에 썬더러가 이상하다는 듯 바라보았다.

"요즘 인간은 일단 들이대고 보는 종족 아니었어? 인간은 그러다가 불륜을 저지르고 나중에 일을 키우고 그러잖아."

"아니 그건 도대체 어디서 본 막장 드라마야?"

"아침에 재현이가 자고 있을 때…… 썬더러가 TV에서 본 거……."

대답을 대신해 준 건 메타리엔이었다. 재현은 깊은 한숨을 내쉬었다. 썬더러는 고개를 갸웃거린다.

"다른 곳들도 다 그런 것 같은데 아니었어?"

"그건 그냥 드라마 내용이야. 현실은 안 그래. 그런 사람은 분명 있겠지만, 나는 절대 안 그래."

드라마를 안 본 지 꽤 됐는데, 이상하게 꼬일 대로 꼬인 가정사를 그린 시나리오는 예나 지금이나 여전한 모양이다.

"그냥 밥 한 끼 같이 하자고 하는 건 어때? 밥 같이 먹는 건 늘 있던 일이잖아."

"그건 그렇지만 밖에서 만나는 건 좀 티 나는 거 같은데……."

그래도 가장 무난하다고 볼 수 있다. 그러나 이것보다 더 티 안 나게 대시할 수 있는 방법이 없을까 고민이 되었다. 뭔가 자연스럽게 하고 싶은 게 재현의 솔직한 마음이었다.

고민을 하고 있을 때, 운디네가 갑자기 통화 버튼을 눌렀다.

"뭐, 뭐하는 거야?"

"재현이 답답하게 하니까 대신 눌러 줬어. 일단 뭐든 확인이 중요하다고 말한 건 재현이잖아. 그러니까 바로 해 봐. 분명 잘 될 거야. 걱정하지 마!"

내가 걱정된다고! 라는 말을 꺼내기 전에 휴대폰에서 수신음이 끊기고 통화가 연결됐다.

[재현 씨?]

"유, 윤정 씨."

목소리가 심하게 떨린다. 이런 일이 있었나 싶었다.

그래, 자연스럽게. 티 나지 않게 점차 다가가기로 한다.

"호, 혹시 시간 되시면 같이 드라이브 안 갈래요?"

'이런 멍청이!'

말을 하고 바로 자신을 욕해 버린 재현이었다. 그저 밥 한 끼 같이 먹자고 하는 것보다 더한 대시다.

이건 대 놓고 대시하는 게 티 나지 않는가! 아니, 그 전에 심각한 문제가 더 있었다.

재현의 차량은 구식 트럭이다. 그것도 석유 에너지로

움직이는 구닥다리!

좋은 스포츠카도 아니고 그런 걸로 드라이브하자고 하는 건 미친 짓이나 다름이 없었다.

수화기 너머의 윤정의 어이없어 할 표정이 눈앞에 보이는 것 같았다.

그녀는 재현이 어떤 차를 가지고 있는지 알고 있다. 어떻게 아냐면 재현이 말해 줬기 때문이다.

지금쯤 이걸 어떻게 받아들이고 있을까? 거의 울 것 같은 표정으로 정령들을 바라보니 다들 고개를 절레절레 흔들었다.

누가 봐도 이건 아니라는 걸 정령들도 알고 있는 것 같았다.

[재현 씨, 의외로 대담하시네요.]

"……."

부끄러워 쥐구멍이 있으면 그곳에 숨고 싶었다. 그러나 이어서 한 말은 누구도 예상치 못한 대답이었다.

[좋아요. 같이 드라이브해요. 옛날을 생각하며 그 차를 타 보는 것도 나쁘지 않겠죠. 석유 에너지로 가는 차라니. 이제는 보기 힘든 거잖아요? 그건 그거대로 매력이 있다고 생각해요.]

그 말을 듣고 재현은 뛸 듯이 기뻤다. 언제 만날지 서로 일정을 정하고, 재현은 통화를 끊었다.

"성공이야, 운디네, 썬더러, 메타리엔! 내가 해냈어!"

"내가 뭐라고 했어. 잘 될 거라고 했잖아. 어쨌든 축하해."

"축하해!"

"……축하축하."

재현은 정령들에게 그렇게 축하를 받으며 기쁨을 주체하지 못했다. 헌터가 됐던 날보다 더한 기쁨이 그의 마음을 가득 채운다.

그가 정말 기뻐하는 게 느껴졌는지 운디네와 썬더러가 그의 주위를 맴돌며 같이 기뻐해 준다.

졸린 표정 외에는 거의 짓지 않는 메타리엔도 입가에 미소를 띠고 있었다.

구름이 걷힌 하늘의 햇빛이 완연한 봄을 알리듯, 따스하게 그들을 내리쬐어 주었다.

〈다음 권에 계속〉

DREAMBOOKS★

DREAMBOOKS

DREAMBOOKS★

DREAMBOOKS